VOTO SILENCIOSO

MATRIMONIOS DE LA MAFIA LIBRO UNO

WILLOW FOX

SLOWBURN
PUBLISHING

Voto Silencioso

Matrimonios de la Mafia, Libro Uno

Willow Fox

Publicado por Slow Burn Publishing

Traducido por julianabm92

Corregido por moni_text

v3

© 2022

CAPÍTULO UNO

DANTE

La forma en que baila me provoca cosas que sé que están mal.

Bebo otro vaso de whisky y trato de reprimir el impulso de acercarme a ella y apretar sus labios con los míos.

—Dime que no estás pensando en acostarte con Nicole DeLuca —comenta Moreno.

Es mi segundo, mi mejor amigo y también es abiertamente honesto, incluso cuando no quiero que lo sea.

También sabe que me gusta Nicole desde que supe de la existencia de la hija de Gino.

A mí me gustan los retos y ella está fuera de los límites. Hace que la caza sea mucho más divertida.

—¿Me has visto hablar con ella? —le lanzo una mirada a Moreno para indicarle que quiero que se calle. De alguna manera, dudo que haga lo que quiero.

Si es que se puede decir algo así de la familia Ricci, él es un buen tipo.

—Sigue bebiendo y mirando. Seguro que se fija en ti —ironiza.

Tal vez ese sea el punto. Quiero que se fije en mí. Quiero que me tema como su padre teme a mi familia.

Nicole se pavonea en la pista de baile y la luz cae en cascada sobre su pelo negro.

Gira y se agita, con los brazos en el aire.

Me gustaría arrancarle esa sonrisa de su rostro alegre.

Es una fuerza a tener en cuenta y yo soy el hombre adecuado para poner su vida patas arriba.

—Tómate otra copa. Yo invito. —Moreno hace un gesto al camarero, que se acerca y sirve otro whisky.

—¿A tu cuenta? —me río.

El maldito bar es mío.

Puede ofrecerme todas las bebidas que quiera. Yo bebo gratis aquí.

—Eso no significa que no debas dar propina al personal. —Moreno le desliza un billete de cincuenta al camarero, un tal Ren.

Olvidé su nombre. Lo contraté después de que el último tipo me causara un dolor de cabeza y un jefe muerto.

Hay cosas que son mejor dejarlas en el pasado.

Ser yo tiene sus ventajas, entre ellas conseguir la chica que quiera. Esta noche, esa chica es Nicole DeLuca.

Me muevo en el taburete.

Generalmente, reclamo el puesto de la esquina. Tiene un cartel reservado para la ocasión en que quiera entrar a tomar una copa o hacer negocios con un socio.

—Necesitas otra chica. Alguien menos mortal —dice Moreno.

Me río en voz baja y doy un sorbo a mi whisky.

—Hablas como si fuera una asesina.

—Su padre lo es.

Agito la mano en el aire—. Es un viejo, Gino. Un grano en el culo. —Él también es un problema del que hay que ocuparse, pero eso es un trabajo para otro día.

Hoy, estoy aquí para desahogarme y divertirme.

—Si te follas a esa chica, te perseguirá —advierte Moreno. Hace un gesto al camarero para que se acerque y se sirve una copa.

Levanto una ceja. No he visto a Moreno beber, bueno, desde siempre.

Esto es malo si está bebiendo.

—Mierda, te estoy llevando a beber. Realmente debe ser el fin del mundo —me burlo.

Se pellizca el puente de su nariz torcida. La consiguió al defender mi honor en una pelea de bar hace casi dos décadas. Yo era joven, ingenuo y estaba a punto de cumplir los diecisiete años. Sabía pelear como un niño, no como un hombre.

Moreno rectificó eso. Me enseñó todo lo que sé sobre el negocio familiar.

—Solo prométeme que la dejarás en paz. —Da un sorbo a su whisky.

Es obvio para cualquiera que lo conozca que no soporta el sabor, pero para un extraño, bebe como un profesional.

—No tienes que matarte por mí —bromeo y señalo el whisky—. Deja eso si estás luchando.

—¿Me ves luchando? —pregunta.

—Mientras tú disfrutas de ese whisky, yo voy a trabajar mis movimientos en la pista de baile.

—Dante —dice mi nombre, pero su tono contiene algo más que una pizca de advertencia.

Me pide a gritos que le escuche.

Pero, ¿cuándo le hago caso?

Lo curioso es que soy su jefe y no acepto órdenes de Moreno ni de nadie. Si bien aprecio su preocupación, para mí solo es eso y voy a hacer lo que me dé la gana.

¿Aún no se ha dado cuenta?

Me bajo del taburete y me dirijo a la pista de baile. No bailo. No es necesario.

Tengo una misión y ella es mi objetivo.

Nos miramos a los ojos y ella se sonroja cuando me acerco.

Bien. Parece que no me conoce. Al menos no ha indicado que soy el bastardo que intenta matar a su padre.

—Estoy aquí con amigos —dice como si esa frase sirviera para ahuyentarme.

—Qué bien que te abandonen —digo.

Ella ha estado bailando durante los últimos cuarenta minutos, sola. El puñado de chicos que ha intentado ligar con ella no ha tenido suerte.

Uno de ellos me mira disculpándose.

Tampoco la he visto con un chupito o una copa en la mano.

—¿Cómo sabes que no están en el baño? —pregunta Nicole.

—Si lo están, se habrán colado por la ventana.

Ella pone los ojos en blanco.

—¿Estás insinuando que soy tan aburrida?

—Al contrario, no estoy insinuando nada, solo que eres una mujer bonita que baila sola.

—Apuesto a que esa frase funciona con todas las demás chicas —dice.

Tiene razón. No hace falta mucho para que caigan a mis pies. Fui bendecido con una buena apariencia y un gran cuerpo. ¿No se da cuenta?

—¿Qué tal si te invito a una copa, si no quieres volver a verme nunca más...?

—De acuerdo.

Me sorprende su respuesta.

La conduzco hacia el reservado y le hago un gesto para que suba primero. El reservado es curvo y me aseguro de sentarme cerca de ella, con los muslos tocándose.

Quiero tocarla, seducirla y proporcionarle todo tipo de placer.

—¿Estás seguro de que deberíamos estar sentados aquí? —pregunta—. Dice que está reservado.

Me limito a encogerme de hombros. No quiero delatar quién soy, sobre todo si ella desconoce mi posición de poder. Ella no tiene porqué saberlo.

—A ver qué pasa —digo.

Ella enarca una ceja con curiosidad, pero cierra la boca y el camarero de antes se acerca y le hago un gesto para que pida dos bebidas, una para cada uno. No tengo que darle al camarero mi pedido. Me trae el mejor licor de la colección.

—No me has dicho tu nombre —dice Nicole.

—Daniel —respondo. Es mentira. En realidad, mi nombre es Dante.

Está claro que no me reconoce y no puedo permitir que mi nombre provoque más reconocimiento.

—Soy Nikki —dice y apoya una mano en mi muslo.

Su tono ha cambiado desde que la conocí hace unos minutos en la pista de baile, pero no sé por qué. ¿Me importa?

—Es un placer conocerte, Nikki —digo, como si intentara recordar su nombre.

Jamás podría olvidarlo. Le he echado el ojo desde que llegó a la ciudad y se mudó con su padre, mi enemigo número uno: Gino DeLuca.

Todo lo que he querido es acabar con él y, en el proceso, me veré obligado a arruinarla para otros hombres.

Es una pena.

Ella es hermosa, con su largo cabello negro y sus profundos ojos ámbar.

Bonita y sexy. Y podría tener una vida normal si no estuviera en guerra con su padre.

Las luces son tenues, el bar no está muy lleno para ser un viernes por la noche.

La música se ralentiza y me alegro de que ya estemos en la cabina. Aunque un baile lento es agradable a veces, no encaja en este momento. No cuando quiero apretarme contra ella.

El camarero vuelve con dos bebidas. Uno es un whisky para mí y el segundo un whisky sour con hielo para ella. Es fuerte pero dulce, demasiado femenino para mi gusto, pero las damas no lo han rechazado en el pasado.

No espero que sea diferente.

Pero me equivoco.

Desliza su vaso hacia mí y coge el mío antes de que pueda llevarlo a mis labios.

—Tomaré lo mismo que tú.

Se refiere a mi vaso de whisky.

Maldita sea, esa mierda es cara.

Además, las chicas siempre toman el que no es de marca y como está mezclado, no pueden notar la diferencia.

Sonríe tímidamente y mueve sus largas y oscuras pestañas, pero es solo una actuación.

¿A qué juego está jugando esta noche?

—Espero que no te importe. Prefiero lo bueno, el oro líquido. —Nicole engulle el whisky en cuestión de segundos y deja el vaso con fuerza sobre la mesa de madera.

Su cálida mirada de color ámbar tiene motas de oro y cuanto más me observa, más caigo en su mirada.

¿Qué demonios está pasando?

—¿Quieres salir de aquí?

Lo hago más que nada, pero mi instinto me dice que no—. ¿Qué tal si te llevo a tu casa? —sugiero.

Ya sé que está viviendo con su padre, pero me pregunto qué excusa me dará.

CAPÍTULO DOS

NICOLE

Cuatro horas antes

—Ven aquí un momento, Nicole —dice papá y me hace un gesto con dos dedos para que me acerque.

Soy su mascota, su premio que le gusta pregonar a los pretendientes del negocio. Se jacta de lo orgulloso que está de mí, pero solo está orgulloso de sí mismo.

Odio a mi padre, pero es de la familia. Mudarme a casa no era mi idea, pero no tengo otro sitio al que ir sin un trabajo y después de haberme graduado recientemente en la universidad.

Mis pies descalzos rozan el frío suelo de madera.

—¿Sí, papá?

—Ven, siéntate conmigo en el despacho.

El temor fluye directamente a mi estómago. Cada vez que mi padre quiere que lo acompañe a su oficina, significa que lo he decepcionado de alguna u otra manera.

¿Qué he hecho esta vez?

—Como sabes, me he mordido la lengua y te he dejado perseguir un título y graduarte en esa tonta escuela tuya —comienza.

Me arden las mejillas y aprieto los labios para no reaccionar emocionalmente.

—Ahora que estás en casa y tienes veintidós años, vas a sentar la cabeza con un joven de mi elección.

—¡Papá! —Me siento como una niña interrumpiéndolo.

Y él me trata como tal.

Su mano me da una fuerte bofetada en la cara.

—No me interrumpas —me regaña.

Agacho la cabeza avergonzada. Al fin y al cabo, es lo que quiere, el control.

—He pensado mucho en el negocio, Nicole. Lo mejor para todos es que te cases con...

—¡No! —No lo escucho. Espero que me dé otra bofetada en la cara, pero no la da—. No me voy a casar con quien tú crees que debo casarme. Esa es una noción tan arcaica —grito indignada, mientras me apresuro a salir de su despacho.

—¡Jovencita, no he terminado de hablar contigo!

No me importa y él capta el mensaje mientras me apresuro hacia la puerta principal. Me pongo un par de zapatos y salgo disparada por la entrada principal.

No lo he pensado bien.

No tengo coche.

No tengo dinero.

Y no tengo a nadie a quien llamar o de quien depender.

Me dirijo a la carretera principal, ignorando a los guardias que me preguntan si necesito que me lleven. Por mucho que quiera uno, también sé que le contarán todo a mi padre, incluso a dónde me he escapado.

————

Me dirijo al bar del pueblo más cercano. El paseo no me molesta. El tiempo es bueno, soleado y agradable, lo que es mejor que mi estado de ánimo.

Quiero emborracharme, pero he olvidado la cartera. Podría coquetear con el camarero o tal vez con un tío buena de la barra. Eso suponiendo que cualquiera en este pueblo extrañamente pequeño sea guapo y merezca mi tiempo.

No ayuda que no tenga ningún sitio al que ir. Volver a casa me pesa como una tonelada de ladrillos.

Me salto las bebidas y salgo a la pista de baile. La música que late con fuerza me despierta por dentro y me hace olvidar el turbulento día. Me alejo de los dos primeros chicos que se disputan mi atención.

No me interesan. Son demasiado sonrientes y perfectos.

Hay un hombre en la barra que está muy bueno.

Muy bien vestido, ojos oscuros y con buena silueta bajo el traje.

Se esfuerza demasiado por impresionar a las mujeres.

Mi mirada se detiene en él más tiempo del que pretendía y me separo, girando mientras bailo en medio de la pista, con los pies pisando el suelo. Soltarse es maravilloso.

Si pudiera cortar todas las ataduras de mi vida.

No sería tan difícil si hubiera conseguido un trabajo como profesora. Mi título era un trozo de papel, sin valor.

Debería haber examinado el mercado de trabajo antes de graduarme en educación primaria. No es que no pudiera conseguir un trabajo. Algunas áreas estaban contratando, pero no estaban en los mejores barrios.

Eso no me preocupaba demasiado.

Era el hecho de que las familias rivales dirigían esos territorios.

Siempre sería un objetivo mientras mi padre fuera quien era.

No siempre había sido mafioso, pero había sido el segundo al mando, el subjefe de Angelo DeLuca durante años. No podía recordar una época en la que Angelo y papá no fueran amigos.

Cuando Angelo murió, papá se hizo cargo del negocio familiar con orgullo y admiración.

Había sido un cabrón conmigo cuando era subjefe. Me estremezco al recordar su mano abofeteándome en la cara. Papá nunca había sido amable, pero también me había dejado en paz.

Ahora que era Don DeLuca, la oscuridad que se instalaba en su corazón crecía.

Quería ser temido por todos.

El apuesto desconocido de aspecto oscuro y misterioso se acerca a mí. No pretende bailar. Sorprendentemente, tampoco choca contra mí.

No me habría importado si hubiera bebido un poco antes.

Se llama Daniel. Se me escapa de la lengua con sencillez. No parece un Daniel, pero ¿qué sé yo?

Él coquetea y yo finalmente muerdo el anzuelo. La verdad es que necesito que me lleven fuera de esta ciudad y si eso significa robarle las llaves del coche o la cartera, que así sea.

Me uno a él para tomar una copa, le robo el whisky y lo siguiente que sé es que le estoy preguntando si quiere salir de aquí.

No puedo volver a casa, aunque quisiera. Una parte de mí quiere arrastrarlo delante de papá y humillar a mi padre.

—Están fumigando mi casa —miento con facilidad. No puedo dejar que sepa que soy la hija de DeLuca. No sé quién trabaja para mi papá y con quién se ha cruzado. Ha hecho enemigos. Eso no es un secreto. Los DeLuca no hacen amigos fácilmente.

—Es curioso, eso es lo que pasa con mi casa —dice Daniel.

Sonrío, negando con la cabeza.

—Tú eres otra cosa. —Le toco el pecho. No estoy segura de por qué o qué me pasa, pero tengo la insistente necesidad de sentir algo más que rabia y resentimiento.

Odio a mi padre.

Agarro a Daniel por la corbata y lo atraigo hacia mí para darle un beso.

Lo tomo por sorpresa. La mayoría de los hombres no están acostumbrados a mi contundencia y descaro. Estoy acostumbrada al poder, a que otros lo ejerzan sobre mí. Se siente bien la oportunidad de tener el control.

Juro que le oigo refunfuñar.

Dios, quiero devorarlo.

—Tengo una idea mejor —me susurra Daniel al oído y me sube a su regazo.

Llevo un vestido negro corto que me llega por encima de la rodilla. Los tirantes de espagueti se deslizan por mis hombros y, por primera vez esta noche, no me molesto en intentar recogerlos.

Siento su calor pinchándome desde abajo.

Mis dedos arañan su pelo mientras nuestros labios se funden.

No es el único que gruñe. Creo que acabo de emitir un sonido al unísono.

No deberíamos.

No podemos.

No en el bar.

No en un lugar público donde cualquiera puede ver lo que estamos haciendo.

Dios, qué ganas tengo de él.

Me muerde el labio inferior y gimo.

La música tapa mis ruidos, pero estoy segura de que Daniel puede oír cada sonido que hago.

Me separa las piernas y explora lo que se esconde bajo mi falda. Me palpa las bragas. ¿Se da cuenta de que están empapadas por su culpa?

Sus dedos son ásperos y rápidos, empujando mis bragas hacia un lado. No estoy segura de que no haya rasgado el material de seda.

Sus labios se acercan a mi oreja, su aliento me hace cosquillas y me excita.

—Estás mojada para mí, gatita.

La forma en que lo dice hace que mi cuerpo se estremezca.

Me pellizca el clítoris, enviando una onda expansiva a través de mí directamente a mi núcleo.

Lucho por concentrarme, por mantener los ojos abiertos. Mi respiración se ha vuelto más profunda y cada respiración es un jadeo.

Me cubre la boca, caliente y áspera y mueve ligeramente mis caderas, lo justo para levantarme de él mientras guía su polla fuera de los pantalones.

Y entonces es contundente, me penetra.

Gimo, segura de que todo el bar puede oír los sonidos y todos saben lo que estamos haciendo.

Daniel me tapa la boca. Su lengua explora mis labios mientras aprieta sus caderas y sus manos se apoyan en las mías.

Nos movemos al unísono. Sus embestidas son profundas y fuertes.

De repente, me levanta las caderas y me hace girar para que me siente en su regazo. Me penetra de nuevo y siento que mis entrañas palpitan por la sensación de estar cerca y de que él se aleja momentáneamente.

Abro la boca para preguntarle qué está haciendo, pero ya está enterrado dentro de mi calor y mi humedad.

Sus movimientos se vuelven más rápidos, más bruscos, mientras me penetra con fuerza y yo aprieto.

—Todavía no —me ordena.

Jadeo y me siento al borde del olvido.

La sensación aumenta en mi interior y mi corazón golpea contra mi caja torácica, mi respiración sale entrecortada mientras estoy cubierta de sudor.

Me estremezco y aprieto su miembro, mientras él me agarra la barbilla y me tira de la cabeza hacia un lado para mirarlo.

—¿Te he dicho que puedes correrte? —me pregunta. Su tono es duro.

Me estremezco ante sus palabras. Espero que me golpee, pero no lo hace.

—Todavía no lo he hecho —tanteo el terreno.

—Joder —dice.

Varios empujones más y se hincha dentro de mí, al borde.

—Córrete para mí, gatita.

Hago lo que me ordena, apretando hacia abajo, apretándolo mientras tiemblo en su regazo. Me muerdo el labio inferior, tirando de él entre los dientes para contener mis gemidos.

Daniel me levanta de su cuerpo y me vuelve a sentar en el banco a su lado. Se vuelve a poner los pantalones y se sube la cremallera. Le brillan los ojos mientras sale de la cabina que compartimos.

—Espera —le digo y le agarro por la corbata. Le aprieto para darle un último beso.

Pero no es lo único que busco. Necesito sus llaves o su cartera. Lo que sea que pueda agarrar primero sin que se dé cuenta.

Con una mano agarrada a su corbata, tengo cuidado de robarle sin que sospeche nada.

Me meto sus llaves por la espalda y tengo cuidado de no hacerlas sonar.

—Que pases una buena noche —le digo con una sonrisa tímida.

Atraviesa la sala hasta la barra donde se encuentra su amigo. Se sienta y yo me escabullo de la cabina y salgo por la puerta principal antes de que Daniel se dé cuenta de que le he robado las llaves y llame a la policía.

CAPÍTULO TRES

DANTE

—¿Estás listo para salir de aquí? —le pregunto a Moreno.

Parece aburrido, mientas que yo ya he terminado de divertirme.

Mi mirada recorre el bar, pero no veo ninguna señal de Nicole. Debe haberse ido ya. No sé por qué me importa. Al menos no hay otros hombres bailando con ella.

Una extraña punzada de celos me golpea como un rayo.

No debería importarme. Le hago un gesto al camarero para que me pida otro whisky.

—Yo conduzco —dice Moreno y me tiende la mano.

Espera que deposite mis llaves en su palma.

—Me parece justo. —No estoy de humor para pelear con él y, francamente, estoy un poco más que achispado. No necesito ponerme al volante y estrellar mi camión. Además, para eso me hago acompañar por hombres buenos como Moreno.

De vez en cuando, también tengo chóferes. Pero me gusta conducir, ponerme al volante y tener todo el control. Hay algo que se puede decir de ir fuera de la carretera, a través de un terreno rocoso, y a través de valles peligrosos completamente solo.

Me trago el último vaso de whisky que me trae el camarero.

Es linda.

Es joven. Apenas tiene veintiún años.

Demonios, Nicole apenas parecía lo suficientemente mayor para estar en el bar.

¿Desde cuándo empecé a perseguir culos que tienen casi la mitad de mi edad?

Joder.

¿Cuándo me hice tan condenadamente viejo?

Me pongo de pie, plantando los pies firmemente en el suelo. No quiero indicar que estoy achispada, ni siquiera a Moreno. El hombre no me dejaría vivirlo.

Me meto la mano en el bolsillo del pantalón para buscar las llaves.

No, no están.

Compruebo el otro bolsillo. La cartera está ahí, pero no las llaves del coche.

Exhalando un fuerte suspiro por la nariz, me dirijo de nuevo a la cabina que había ocupado antes con la golosina de pelo negro.

No hay rastro de mis llaves ni en la cabina ni debajo de la mesa.

—¿Busca algo, jefe? —pregunta Moreno. Se coloca detrás de mí y lleva una sonrisa.

¿Es una especie de broma?

—¿Ya te he dado mis llaves?

Juro que no estoy tan borracho. Solo un poco achispado. Pero mierda, la habitación gira como una atracción de feria cuando me agacho.

Moreno no sonríe ni bromea. No parece divertido.

—La chica, te los ha robado.

—¿Nicole? —me paso una mano por el pelo corto y oscuro.

No. Ella no me robaría. Cualquiera con medio cerebro sabe que no se debe cruzar con la familia Ricci.

Pero ella no sabía que yo era Don Ricci, el jefe de la Familia Ricci.

—Dante, ¿qué tal si hago una llamada y hago que uno de los chicos nos traiga un coche? —sugiere Moreno.

Le hago un gesto para que haga lo que tenga que hacer mientras yo me escabullo hacia la puerta. Salgo y la noche se ha enfriado bastante. Es verano, caluroso y agobiante, pero el frío en el aire me hace desear los días más frescos que llegarán pronto.

Una de las ventajas de estar en las montañas es que las noches son bastante cómodas.

No veo mi camioneta afuera, no espero que la haya dejado. Si Nicole me robó las llaves, entonces me robó la camioneta.

Sorprendentemente, dejó mi cartera sola.

¿Era un juego para ella?

¿Sabía quién era yo cuando nos conocimos y jugó conmigo?

———

Me levanto temprano gracias a una noche de mierda.

Moreno supo no decir una palabra sobre el auto mientras Sawyer nos recogía y nos llevaba de vuelta a la casa.

Di vueltas en la cama, incapaz de dormir bien por culpa de esa belleza de pelo negro, Nicole.

Anoche solo podía pensar en ella.

Todavía es lo único en lo que puedo pensar.

Pero tengo trabajo y por mucho que destruir a su padre y robársela para mí suene prometedor, tengo un asunto del que ocuparme.

Entro a trompicones en el baño. Enciendo la luz y empiezo a ducharme.

Hay un ruido en la planta baja, más de lo habitual.

Lo ignoro. Lo que sea o quien sea puede esperar mientras me aseo para un puñado de reuniones que tengo esta tarde.

Los negocios no esperan, ni siquiera para el jefe.

Pero los negocios no aparecen temprano.

¿Podría ser Nicole? ¿Vendrá a devolverme la camioneta?

Me apresuro a bañarme y a cerrar la ducha. No debería pensar en ella, pero no puedo detener los recuerdos que inundan mi mente y llenan mis sentidos.

Mi polla se endurece al recordarla apretando y estremeciéndose en mi abrazo.

Ella no debería tener este efecto en mí. Me he acostado con muchas mujeres. Puedo conseguir a cualquier mujer que quiera, pero hay algo en Nicole que me hace desear otro juego con ella.

Me seco y me paso una toalla por el pelo para quitarme las últimas gotas de agua cuando llaman con fuerza a la puerta de mi habitación.

¿Será ella?

—Jefe —dice Moreno y se aclara la garganta—. El sheriff Nelson ha venido a verle.

Me enrollo una toalla alrededor de la cintura y abro la puerta del dormitorio para hablar con Moreno en privado.

¿Qué quería el sheriff conmigo? Habíamos tenido cuidado de mantener nuestros negocios por encima de la ley desde que Enzo fue y se hizo ejecutar.

Yo lo maté.

Había que hacerlo. Estaba hundiendo a la familia y arruinando el nombre de Ricci. Su implicación en el tráfico de personas todavía me provoca bilis en la boca.

Soy un hombre con muchos talentos y negocios. He vendido drogas, armas ilegales, lo que sea, me he metido en ello, pero no toleraré un comportamiento tan inhumano como la venta de mujeres y niños.

Es otra razón por la que pretendo destruir a la familia DeLuca. En lo que a mí respecta, ellos son la razón por la que me vi obligado a matar a Enzo.

—¿Alguna idea de lo que quiere? —pregunto. Le hago un gesto para que cierre la puerta del dormitorio.

Hace lo que le indico, mientras cojo la ropa de la cómoda y el armario y llevo los artículos al baño. Dejo la puerta abierta para que podamos hablar en privado.

Le pregunto si su visita se debe a la desaparición de Enzo. Hemos comprobado que no había ningún cadáver que recuperar, pero eso no significa que los federales y el departamento del sheriff local no vayan a escarbar en busca de trapos sucios.

—Algo sobre tu auto —dice Moreno.

No puedo verlo mientras me visto, pero puedo sentir la preocupación que se desprende de él y fluye hacia mí.

—Entonces nos ocuparemos de ello —digo.

Podemos encargarnos de cualquier drama que nos plantee Nicole.

Me subo la cremallera de los pantalones y me abrocho la camisa de vestir, asegurándome de parecer el jefe. No puedo permitir que el sheriff local me mire con desprecio.

Tengo una reputación que mantener.

Y la mantendré.

—Acabemos con esto —digo y le hago un gesto a Moreno para que abra la puerta del dormitorio y salga primero.

Me conduce por las escaleras hasta el salón, donde nos espera nuestro invitado.

El sheriff Nelson no se sienta. Está de pie, con una mano en su arma. Parece ansioso, aunque no sé por qué.

Mantenemos nuestras relaciones con nosotros mismos y hemos hecho todo lo posible para no llamar la atención de las autoridades.

No necesito que mis hombres sean enviados a prisión. Eso no es un buen augurio para mí.

—Sr. Ricci —dice el sheriff Nelson.

—Dante —le ofrezco, corrigiéndole, dejando que esto se convierta en una visita familiar y amistosa, tratando de cambiar y desplazar sus gestos. Quiero aludirle que somos amigos y que no tiene nada que temer estando en mi casa. La primera forma de hacerlo es dejar que use mi nombre de pila.

—Dante —dice el sheriff Nelson y hace un gesto de asentimiento—. Tenemos imágenes de vigilancia de tu auto robando combustible de una gasolinera. He hablado con el propietario, y sabiendo que eres un ciudadano honrado en esta comunidad, ha accedido a no presentar cargos si conduces y pagas por este pequeño error.

Moreno abre la boca para hablar y yo lo fulmino con la mirada. No va a interrumpirme.

Nadie me interrumpe.

Disminuye su voz.

—Ahora he visto las imágenes. Sé que no fuiste tú. Si prefieres entregar el nombre de la chica que hizo esto, estaré encantado de detenerla y ficharla.

—Eso no es necesario —digo.

¿Por qué estoy cubriendo a Nicole DeLuca?

Podría hacer que la metieran en la cárcel.

Debería hacer que se enfrentara a las consecuencias de sus actos, especialmente después de robar mi coche, pero entregarla a las autoridades no es la forma en que los Ricci hacemos las cosas.

No, tomamos la justicia en nuestras manos.

Ella pagará por sus crímenes, pero no a manos de la oficina del sheriff local.

—Le aseguro, sheriff, que me encargaré del asunto ahora mismo.

Cojo mi cartera y otro juego de llaves del coche. Me ha robado el auto, pero al menos no se ha llevado el Maserati.

—Estoy seguro de que entiende que tengo que seguirle a la gasolinera —dice el sheriff Nelson.

—Por supuesto, no esperaba menos de ti.

———

Estoy echando humo cuando vuelvo a casa, al recinto.

No puedo creer que Nicole no solo haya robado mi camión, sino que además haya decidido, en su pequeño viaje de placer, no pagar la gasolina.

¿Intentaba que la arrestaran?

Tal vez debería haber avisado a las autoridades que me habían robado la camioneta, pero no era como si no pudiera pagarla.

Lo mismo podría decirse de ella. Es la hija de Gino DeLuca.

La chica vale fácilmente un millón, tal vez dos. Cuando su padre muera, ella heredará su imperio.

Otra razón por la que necesito destruir a Gino y vigilar a Nicole. No voy a dejar que se convierta en el próximo Don.

Por supuesto que no.

—¿Todo controlado, jefe? —Moreno pregunta mientras irrumpo en la casa.

—Quiero vigilancia en la propiedad de DeLuca. Quiero saber todo lo que pasa en esa casa con respecto a Nicole.

Moreno mira a su primo Halsey, un capo. Todavía es relativamente nuevo en el negocio y joven.

El hecho de que sea recién salido de la cuadra hizo que DeLuca no lo reconociera.

—Tengo contactos a nivel local —dice Halsey—. Podemos interrumpir su alimentación de internet y obligarle a llamar a la compañía de cable.

—Hazlo. —Hago un gesto con la mano, indicando que puede retirarse.

Señalo el pasillo vacío por el que acaba de salir Halsey.

—¿Crees que puede manejarlo? —pregunto.

Confío en Moreno. Él recomendó a Halsey para dirigir a los soldados y dar órdenes. No estoy seguro de que tenga madera de capo, pero esta es una excelente oportunidad y tenemos que aprovechar el momento.

Si la caga, no tendré que matarlo. DeLuca lo hará por mí.

CAPÍTULO CUATRO

NICOLE

Abandono el auto en el arcén de la carretera, no muy lejos de la casa. Llevar el camión a casa no haría más que enfurecer a papá y hacer que se pregunte dónde he estado y qué he hecho.

El maldito tanque estaba casi vacío, así que lo llené en la estación más cercana.

Planeaba huir, pero no podría ir muy lejos sin un lugar donde dormir.

Sin tarjeta de crédito y, si hubiera traído la mía conmigo, papá podría rastrearla fácilmente.

Sin dinero en efectivo.

No iba a dormir en la parte trasera del coche.

Hogar dulce hogar, mi prisión.

Pero puedo ir y venir a mi antojo. Aunque papá insistió en que llevara un guardia conmigo, no pareció importarle que me escapara anoche.

Me escabullo dentro mucho después de la medianoche.

Papá duerme y los guardias no parecen sorprendidos de verme.

Me deslizo dentro de la casa. La puerta chirría detrás de mí.

No me está esperando. ¿Se habrá dado cuenta de que me he escapado?

No había estado precisamente callado al respecto. Cada vez más, su atención se ha centrado en ser don. Es lo único que le importa y yo le estorbo.

Subo la escalera y entro de puntillas en mi dormitorio. Me siento como una adolescente de nuevo, saliendo a escondidas y volviendo a entrar después del toque de queda.

———

Evito a papá lo mejor que puedo.

Está de un humor infernal, gritando a sus hombres, a sus colegas.

Le oigo desde mi habitación con la puerta cerrada.

Mi estómago gorgotea, pero no quiero enfrentarme a su ira cuando ya es aterrador estar cerca de él. Había olvidado lo que era no sentir ese pesado peso de la ansiedad presionando mi pecho.

Irme a la universidad había sido lo mejor para mí.

Volver a casa había sido mi infierno particular.

¿Por qué había hecho eso?

Ah, sí. No tenía más dinero que el de papá. Hasta el último centavo que había ganado mientras estaba en la universidad lo había gastado en mi alojamiento, comida y transporte. Había ido a Northwestern, una universidad nada barata y papá había pagado la matrícula sin pestañear.

Me siento al borde de la cama. No debería seguir pensando en el hombre de anoche, el del bar.

Le había robado la camioneta.

Eso había sido por necesidad, no por deseo. Y si volvía a verlo, probablemente me odiaría.

No importaba. No tenía pensado quedarme en Breckenridge por mucho tiempo. Tenía dos opciones, encontrar una manera de desviar el dinero de papá o conseguir un trabajo.

Lo primero sería más difícil, pero tenía que haber dinero en efectivo en su oficina.

Abro la puerta del dormitorio. Las bisagras crujen y me quedo de pie como una cierva en los faros esperando a ver si estoy a punto de ser la próxima víctima de papá.

—¿Qué quieres decir con que su auto está justo delante de nuestra puerta? —Papá le grita a Marco desde el fondo del pasillo.

Marco es unos años mayor que yo, pero lleva bien su edad. Es alto y melancólico, con una espesa cabellera negra como el azabache.

A veces quiero pasarle los dedos por encima, pero no tengo la impresión de que esté interesado en mí.

¿Será porque papá es su jefe?

Es un juego.

Pasar por encima de lo que está permitido y lo que no.

Le he besado en el fondo del armario del pasillo y le he hecho una mamada en la cocina antes de que todos estuvieran despiertos.

Eso fue cuando estaba en el instituto y me empujó a arrodillarme, exigiendo que hiciera lo que él decía.

Mi estómago dio un vuelco al recordarlo.

Cuatro años lejos del castillo y soy una chica diferente. Ya no soy Nicole. Soy Nikki.

Nicole nunca habría robado la camioneta.

Quizá cuatro años no fueron suficientes para deshacerme de mi identidad. No soy diferente de los hombres de abajo. Robando. Robando.

Aunque todavía no he asesinado a nadie.

No puedo decir lo mismo de Marco. Y sé que papá ha matado a muchos hombres en su día. He sido testigo de las brutales atrocidades en el calabozo al que no pertenecía.

—¡Y pon en marcha el maldito internet! —grita papá.

—Ya he llamado a la compañía de cable. Van a enviar a alguien esta mañana —dice Marco.

¿Desde cuándo le han ascendido a chico de los recados?

Pasé por delante de los gritos y me apresuré a ir a la cocina con pasos ligeros e invisibles.

Mi estómago refunfuña y creo que podría delatar mi posición, pero nadie parece darse cuenta ni importarle.

———

Después de desayunar, hago la maleta y cojo la mochila, colgándomela de un hombro. Me la llevo al despacho de papá.

Papá sigue manteniendo una acalorada conversación con Marco y, esta vez, Vance, su segundo, se ha unido a las discusiones que mantienen.

Oigo algunos fragmentos mientras paso.

—Guerra... territorio... Ricci.

Algunas cosas nunca cambian. Los DeLuca y los Ricci siempre han estado en guerra entre ellos desde que tengo uso de razón.

No importa la ciudad o el año. La guerra continúa.

Me cuelo en el despacho de papá y me deslizo hacia dentro cuando veo a un chico que no parece tener edad para beber subido a un taburete que está manipulando el techo abatible.

Se aclara la garganta.

—Ya casi hemos terminado, señora.

Mis ojos recorren su ropa. Su camisa identifica la compañía de cable para la que trabaja y, parece realmente nervioso.

—Parece que el router ha sufrido un cortocircuito. Lo he sustituido por nuestro modelo más reciente, que tiene mejor alcance que la edición anterior, también lo he cableado a través del techo para conseguir...

—Lo que sea —digo y le corto.

Me importa un bledo. Quiero que salga del despacho de papá para poder husmear y encontrar su provisión de dinero oculta.

Sonríe amablemente, se baja del taburete, lo pliega y lo apoya en la pared antes de salir del despacho.

Bueno, eso ha sido rápido.

Espero para asegurarme de que no vuelve y me apresuro a ir al escritorio. Busco en los cajones, pero hay papeles y garabatos de notas. Nada que merezca la pena.

Me dirijo al archivador, abro un cajón y luego el segundo.

¡El premio gordo!

Dentro de una carpeta manila hay varios miles de dólares. El dinero está limpio y envuelto como si lo hubieran recogido en el banco. Dejo caer varios fajos de billetes en mi bolso y cierro la cremallera.

Cierro el cajón a toda prisa justo cuando se abre la puerta del despacho.

—¿Nicole? —papá frunce el ceño. Hace un gesto hacia la silla, ignorando o sin darse cuenta de la bolsa que llevo al hombro.

Conociendo a papá, probablemente lo ignore. Tiene un don para los detalles.

—Siéntate —es una orden que se le escapa de la lengua. Señala el asiento vacío frente a su escritorio.

Sé que no puedo correr.

Tiene demasiados hombres que pueden detenerme.

Con suerte, no me pedirá que vea lo que hay en mi mochila. La mayoría es ropa, algunos alimentos básicos, las llaves del camión y ahora varios miles de dólares en efectivo.

CAPÍTULO CINCO

DANTE

—Tenemos el micrófono en marcha. No pude terminar de colocar la cámara —dice Halsey por teléfono—. Una joven entró y casi arruina la operación.

Acaba de salir de su recinto.

—Otra cosa, jefe. Gino y sus hombres estaban discutiendo sobre tu auto. Me lo crucé en mi camino.

—¿Mi camioneta? —intento no sonar demasiado sorprendido—. ¿Dónde diablos está?

Hasta ahí llegó la cosa. No puedo detener la ira que brota de mí, como un león en una jaula listo para liberarse.

Halsey se detiene un segundo, antes de responder a mi pregunta.

—Lo aparcaste cerca de la puerta, unos dos metros al sur.

—Claro que sí —murmuro. ¿En qué demonios estaba pensando Nicole?

¿Intentaba que me mataran? ¿Los DeLucas pensaban que estaba explorando su propiedad?

Halsey tiene suerte de no estar muerto.

Cuelgo la llamada con el joven capo y le hago un gesto a Moreno para que se dé prisa. No se me da bien la paciencia ni la espera.

Moreno saca el audio de vigilancia. No espero mucho, pero lo escuchamos.

—Estoy cansado de tus juegos egoístas y de tu actitud, Nicole. Eres igual que tu madre —dice Gino. Su tono es firme y está lleno de descontento.

—¿Hemos terminado? —pregunta Nicole.

Sonrío al oír su voz.

No debería. Debería estar enfadado con ella por haberme robado, pero eso es un lío del que habrá que ocuparse otro día.

—No es así. Lo del acuerdo matrimonial iba en serio. No es una elección, Nicole. Eres mi hija y te casaré con el hombre que considere aceptable.

—No soy un premio que se gana en la feria estatal —dice Nicole—. Me voy y no puedes detenerme.

El silencio llena el vacío.

Miro a Moreno.

—Realmente me gustaría que tuviéramos video.

Probablemente es la parte egoísta de mí que quiere volver a ver a Nicole. Pero todavía puedo verla, sentirla apretada contra mi polla.

Ella estaba apretada, virgen apretada, con ese pequeño agujero que me cogí.

Dios, la quiero.

Gimoteo interiormente y salgo disparado hacia mi despacho. Necesito unos minutos. Silencio. Un momento para mí.

Todavía tengo el teléfono en la mano y Moreno ha instalado el programa para que pueda escuchar a Gino en cualquier momento que esté en su despacho.

Lo dejo encendido, esperando a ver si Nicole vuelve para darle la última palabra.

Parece el tipo.

—Cierra la puerta —dice Gino.

No sé con quién está hablando, pero la autoridad de su voz es imponente.

—Mi hija es un problema que hay que arreglar.

Eso despierta mi curiosidad y mi interés.

Ella es un problema. Mi problema.

No sé cuál es el problema de Gino con Nicole. Aunque no me gusta la idea de que alguien elija a su cónyuge, entiendo la idea. Nuestra familia ha tenido matrimonios arreglados durante siglos. Es nuestra forma de hacer las cosas.

El matrimonio de mi padre fue un acuerdo entre familias. Ambos parecían felices. En su mayoría.

—Sí, jefe —dice una voz masculina. Es áspera y gruesa. No es ni un poco joven ni nueva. Habla con autoridad, como si se sintiera cómodo con Gino.

Sé que no es Vance, el segundo de Gino. Reconocería su voz con los ojos cerrados.

—Nicole va a huir. La niña está enfadada conmigo y no voy a detenerla. Ella me robó varios miles de dólares. Quiero que sea capturada por nuestra operación. Nuestros hombres no deben saber que es mi hija.

—Pero, señor...

—¡No! —la voz de Gino brama—. Esto es por su propio bien. Necesita descubrir lo que es ser vendida a un monstruo.

Me hierve la sangre. La habitación está caliente como una sauna y el sudor me gotea en la frente. Me lo limpio.

Me aflojo los tres primeros botones de la camisa y golpeo la pared con el puño. Me arden los nudillos y siento un hormigueo en el puño, pero eso no ayuda a mitigar el dolor de mi pecho.

Gino es el monstruo y Nicole no tiene ni idea de lo que le espera.

CAPÍTULO SEIS

NICOLE

Me echo la mochila al hombro, me calzo mi par favorito de zapatillas de deporte azul cielo y me dirijo a la puerta principal.

Papá ni siquiera me mira.

No le importa que corra. Solo soy una molestia para él.

Fuera, el sol es cegador y cálido. Paso por delante de los guardias en el césped para llegar a la puerta.

—¿Necesitas que te lleven? —me pregunta uno de los guardias.

—No, está bien. Iré caminando. —Tengo toda la intención de sacar las llaves del camión una vez que haya pasado la puerta y esté fuera de la vista.

El portón se abre con un chirrido que me produce un escalofrío. Lo ignoro.

Hay más hombres de guardia que de costumbre.

Papá estaba enfadado esta mañana. ¿Le preocupa que estemos en medio de otra guerra territorial? Había escuchado algunos fragmentos y no era un idiota.

Papá y los Ricci no se llevan bien. Nunca lo hicieron. Nunca lo harían.

Atravieso la puerta abierta. Doy las gracias a los guardias y mantengo la vista en la curva de la carretera principal. Allí es donde aparqué la camioneta.

No estaba fuera de la vista. Ya era tarde cuando llegué a casa, pero dudo que alguien haya pensado en ello. Los vehículos se averían todo el tiempo y estaba justo antes del camino privado que llevaba a la casa.

Llego a la camioneta y dejo caer mi bolsa al suelo. Necesito mis llaves y no las tengo a mano.

Bueno, las llaves de Daniel. Me agacho y abro la mochila. Mis dedos rebuscan en el contenido, apartando primero los fajos de billetes y rebuscando después en mi ropa.

Debería haber dejado las llaves en el bolsillo exterior. Habría sido inteligente, pero esta mañana no estaba pensando.

Papá siempre me pone nerviosa.

Me tiemblan las manos. Exhalo una pesada bocanada de aire y me doy la vuelta justo cuando siento que me pasan una bolsa por la cabeza y me meten las manos por la espalda.

Las esposas se clavan en mi carne.

No se identifica. No es un agente de policía.

—¿Quién es usted? —mi pregunta no tiene respuesta.

Unos brazos fuertes me levantan y el rugido del motor de otro vehículo sisea y retumba.

—¡Déjame ir! —me retuerzo y chillo, haciendo todo lo posible por luchar, pero mis brazos están asegurados detrás de mí, y no tengo ninguna posibilidad sin un poco de ayuda.

—¿Sabes quién soy? No puedes hacer esto. Soy Nicole DeLuca. Mi padre te matará —grito a los hombres que me secuestran.

Me empujan a la parte trasera de un vehículo. Es más bajo que el suelo.

No estoy en la camioneta que había robado.

¿Adónde me llevan?

Ignoran mis súplicas, mis gritos, mis gritos de auxilio.

¿Esto se debe a que robé el camión de ese bombón anoche? ¿Me estaba dando una lección?

Unos brazos fuertes se acercan. No puedo ver mucho más que luces y sombras a través del capó ennegrecido.

Unas manos levantan ligeramente el capó alrededor de mi cuello. ¿Me la están quitando?

En su lugar, siento el frío cuero de un collar y la hebilla es tirada con fuerza: las púas metálicas del interior se clavan en mi cuello.

Hago una mueca de dolor y gimoteo por la incomodidad.

—¡Cállate! —me grita una voz gruesa.

Una sacudida de electricidad me hace temblar.

Tiemblo. Me estremezco. Convulsiones.

No estoy segura de si me han dado una descarga eléctrica o me han electrocutado a través del collar. ¿Hay alguna diferencia?

La corriente se detiene, pero mi cuerpo sigue ardiendo y doliendo. Me duele el cuello. Me duele la garganta dentro de la boca.

No me defiendo.

Agacho la cabeza. Soy una cobarde y me rindo a los hombres. Cualquier cosa que quieran, se las daré.

Cualquier cosa con tal de no sentir nunca ese ardor palpitante a través de mi cuerpo.

CAPÍTULO SIETE

DANTE

—¿No estás considerando seriamente involucrarte? —Moreno está de pie con los brazos cruzados.

No parece nada divertido.

—A mi modo de ver —dice Moreno—, esto resuelve un problema.

Niego con la cabeza.

—No. —Puede que sea un monstruo, pero tengo conciencia. No vendo mujeres ni niños. He pasado varios meses como jefe de la Familia Ricci trabajando para destruir a los DeLucas.

El método más fácil es a través de su operación de tráfico de personas.

Mis motivos no son totalmente desinteresados.

Quiero destruir a Gino.

No sé qué haré con Nicole si le pongo los ojos encima. Mi cabeza no puede entender cómo manejar este problema.

Estoy demasiado involucrado emocionalmente.

Moreno también lo ve. Me conoce casi tan bien como yo mismo.

Sería arriesgado, entrar -posiblemente una misión suicida- para salvar a una chica que me ha robado.

—Tengo contactos. Pero tú podrías estar mejor equipado para localizar la dirección de la subasta —dice Moreno.

He quemado los puentes.

No puedo simplemente llamar a un antiguo colega, un asociado que ahora trabaja para el enemigo. Para mí es igual policía como seguridad privada.

Me trago la bilis ante la idea de asociarme con Jayden Scott.

—Trabaja para Eagle Tactical —digo y mis labios superiores gruñen de asco. Esos hombres acabaron con Angelo DeLuca cuando éste había sido don.

En cierto modo, me habían hecho un favor. También me llevaron a tomar la decisión de ejecutar a Enzo. Era él o yo.

Habría puesto toda su operación de contrabando sobre mí.

No iba a dejar que eso sucediera. Es por eso que he sido cuidadoso.

Eagle Tactical también fue tras Sergio, el capo de Angelo. Por lo que sé, lo mataron a él o tal vez a las chicas que se había llevado. No estaba seguro de cuál y no me importaba.

Excepto que Sergio ya no era el anfitrión de la subasta. No sé de dónde saldrá la operación.

Solo cuándo.

Siempre es a medianoche.

———

No debería hacer esto.

¿Pero qué otra opción tengo?

Salgo del complejo y conduzco hacia la sede de Eagle Tactical. Esos tipos no se van a alegrar de verme.

Aparco al final del camino de entrada y me dirijo al edificio. Saco mi teléfono y le envío un mensaje a Jayden Scott.

Necesito un favor.

No me gusta hacer favores porque significa que le debo una. Pero debería estar encantado de ayudarme. Esos chicos de Eagle Tactical son prácticamente como los Boy Scouts con su código de honor y demás.

Mi teléfono se ilumina con una respuesta.

Vete a la mierda.

Sonrío y me río en voz baja. No puedo hacer eso o, mejor dicho, no lo haré.

Sal y dímelo a la cara.

No me pongo delante de la puerta. Me pongo a un lado, con los brazos cruzados sobre el pecho. Me arriesgo a que no salga con una pistola cargada y me dispare.

Últimamente no hemos estado en los mejores términos. Enzo atrapó a su prometida y la entregó a los DeLucas.

Enzo no me había avisado mucho de la situación y cuando le dije que estaba en contra, me dijo que me callara la boca.

Así que lo hice.

Sabía a qué atenerme. Entonces no era el jefe. Ahora lo soy.

Ahora yo doy las putas órdenes.

La puerta principal se abre y Jayden sale. Sus ojos están apretados y sus manos están cerradas en puños.

Por suerte, no está blandiendo un arma y si tiene una, está guardada, oculta.

Me parece bien.

No voy a ninguna parte sin mi arma asegurada en la cadera y una de repuesto en el tobillo.

Mi póliza de seguro.

—¡Qué ganas tienes al venir aquí! —Jayden me grita.

Espero ver ojos vigilantes en la ventana, pero es demasiado difícil saber si alguien nos mira o no.

—Lo sé. Créeme. Tampoco eres la primera llamada que quería hacer. —Esto no es ideal para ninguno de los dos.

En lo que a mí respecta, lo traicionamos y él nos traicionó. Todo debería quedar atrás. De alguna manera, no creo que se sienta así con el vapor que irradia de él.

En realidad, no estoy seguro de que nos haya traicionado. Siento sospechas y, ciertamente invitó a una rata a nuestra casa. Esto significa que es un imbécil o un idiota.

Se abalanza sobre mí, pero esquivo el primer golpe y le agarro el brazo, inmovilizándolo por detrás mientras mi otro brazo le aprieta el cuello.

—¡Ya basta!

La puerta principal se abre y Jaxson Monroe se precipita hacia mí.

—¡Suéltalo!

Lanzo a Jayden hacia Jaxson.

—No estoy aquí para una pelea.

—Podrías haberme engañado —dice Jaxson. Sus ojos se estrechan y su labio inferior está tenso, inamovible. Los tatuajes cubren sus antebrazos. No es una sorpresa para un tipo que sirvió en el ejército —. ¿Qué quieres? —pregunta.

—Gino DeLuca, ¿te dice algo ese nombre? —le pregunto.

Por supuesto que sí. Sería un idiota si no conociera al segundo del hombre que eliminó. Me hizo un favor, cortando la cabeza de la serpiente. Bueno, en sentido figurado, por supuesto.

—No voy a limpiar tu desastre. Cualquiera que sea la disputa entre los DeLucas y los Riccis, nos mantenemos al margen —dice Jaxson. Le hace un gesto a Jayden para que entre en la oficina.

Jaxson es el que manda.

Interesante.

Sabía que Jayden era nuevo en el equipo de seguridad. Había trabajado para mí antes de su relación con sus antiguos compañeros militares.

Nunca debí confiar en él, y aquí estaba de nuevo, cometiendo el mismo error.

—DeLuca sigue traficando con mujeres. Posiblemente niños. —No tengo pruebas de que esté traficando con niños, pero sé que su hija estaba metida en ese lío y si puedo llegar a Jaxson, tocar su fibra sensible y jugar con sus emociones, quizá me consiga la información que necesito.

La mano derecha de Jaxson se cierra en un puño a su lado. Con la izquierda se pasa una mano por el pelo. He visto esa mirada antes en muchos hombres, incluso en mis hombres. Está en conflicto.

—¿Qué te importa? ¿Acaso los matones de la mafia no son todos iguales? —Jaxson se acerca.

No me tiene miedo.

Pero debería tenerlo.

—No soy un santo, pero no creo que las mujeres deban ser forzadas a la servidumbre sexual. ¿No estás de acuerdo conmigo? —le pregunto.

Por supuesto, está de acuerdo conmigo. Es uno de los buenos. O al menos pretende serlo.

Probablemente tiene sus demonios, al igual que el resto de nosotros.

Nadie es realmente un santo.

—¿Y bien? —pregunto, esperando su respuesta.

—¿Qué quieres, Dante? —Jaxson cruza los brazos a la defensiva contra su pecho. No se ha acercado más, pero tampoco se ha girado para volver al despacho y cerrarme la puerta en las narices.

Hasta ahora lo considero una victoria.

—Sé de buena tinta que Jayden asistió a una de estas veladas. Necesito la ubicación.

Jaxson se ríe en voz baja.

—Estás loco. Lo sabes, ¿no?

—Me lo han dicho —me encojo de hombros. Eso no hace que quiera menos la información—. ¿Y bien? ¿Puedes ayudarme o no?

Intento el enfoque de chico bueno: razonar con un hombre inteligente y lleno de algo que no tengo, ética.

Parece que funciona.

—Sergio era el que dirigía la última subasta, pero ya no está a la altura de la tarea de manejarla —digo.

Sergio está muerto.

Sé de buena tinta que los chicos de Eagle Tactical se encargaron de su culo. Era una escoria que obligaba a las mujeres a realizar innumerables actos sexuales.

Yo soy una clase diferente de basura. Sergio y yo no estamos cortados por el mismo patrón.

—¿Tienes una dirección? —pregunto. No quiero parecer desesperado, pero seamos sinceros, no vendría a estos tipos si tuviera la información.

¿Podrían mis hombres conseguirla?

Sí, pero llevaría tiempo.

Tiempo era algo que no tenía mucho, considerando que Nicole estaba en problemas.

¿Por qué pienso en ella?

Ella es una distracción. Y se está convirtiendo en un problema.

Hombres como Jaxson y Jayden andan de puntillas por el lado de la ley. Apuesto a que probablemente han borrado algunos registros y borrado algunas multas de estacionamiento también.

—Parece que Jayden tiene tu número. Te enviará un mensaje con lo que encontremos —dice Jaxson.

Bien. Intento no parecer demasiado excitado.

—No vuelvas nunca por aquí —dice Jaxson mientras se dirige a los escalones de la entrada del edificio—. O me aseguraré de meterte una bala en la cabeza antes de que puedas siquiera llamar a la puerta principal.

CAPÍTULO OCHO

NICOLE

El recinto está cargado y viciado. El aire no circula y hace un calor de mil demonios.

Está oscuro y el suelo está incluso caliente, aunque es de hormigón. Hay barrotes que nos mantienen contenidos, hechos de hierro y oxidados.

El olor me quemó la nariz cuando llegué, pero ahora me he acostumbrado. Nos dan un cubo para orinar y una vez al día, un guardia viene a recuperar el cubo de metal y a vaciar el contenido.

La única comida que nos dan es pan y agua. Me chupo cada bocado antes de que los guardias se lo piensen dos veces para arrebatármelo.

¿Lo harían? Parece que no les importamos. Ni siquiera pueden mirarnos.

Llevo tres semanas aquí.

O tal vez cuatro.

No hay luz solar. Nos mantienen en una especie de sótano. Llegamos con bolsas en la cabeza y collarines en el cuello.

La bolsa se quita.

El collar siempre se queda puesto.

No puedo hablar a menos que me hablen.

Esa es una de las reglas. Hay docenas más, pero sobre todo mantener la cabeza baja y hacer lo que se dice.

Diamond tiene una larga lista de reglas y si te cruzas con ella, la desobedeces o simplemente la miras mal, he aprendido que el collar que tengo alrededor del cuello me envía una descarga de electricidad.

Resulta que las otras chicas están conectadas a la misma red.

Si una de nosotras hace algo para traicionar a

Diamond o a los hombres que nos llevaron, todas sufrimos juntas.

Hoy es diferente y, no estoy segura de por qué. Me asusta.

Las chicas no saben quién está detrás de sus secuestros.

Siete de ellas vinieron de México y les prometieron pasar a América. Coyotes.

Cuatro chicas son fugitivas. Apenas parecen estar en la escuela secundaria.

Son niñas pequeñas y eso hace que mi estómago se revuelva. Quiero vomitar, pero no lo consigo.

Las niñas se agarran unas a otras mientras los hombres abren el portón y nos arrancan una a una.

¿Adónde nos llevan?

¿Qué quieren de nosotras?

Sabemos que es mejor no hacer preguntas. Preguntar se traduce en un dolor repugnante que nos hace agitarnos salvajemente en el suelo de cemento.

Los collares son una sentencia de muerte. O tal vez el mero hecho de estar aquí nos provoque la muerte. Nuestra muerte.

Quiero luchar.

No me queda nada de lucha.

Las otras chicas deben sentir lo mismo. Abatidas. Destruidas. Destrozadas.

Un pie se mueve delante del otro.

Hay más hombres armados y nos sacan de la celda y nos llevan por las escaleras de hormigón.

Los escalones están astillados y rotos. Viejos y desgastados.

¿Dónde estamos?

¿Adónde vamos?

Estoy en medio de la fila y las chicas más jóvenes están en la parte de atrás. Si pudiéramos proteger a las más jóvenes, lo haríamos, pero aquí todas somos prisioneras.

Los hombres con armas están de pie en la parte superior de las escaleras. Sonríen. ¿Qué saben ellos que nosotras no sepamos?

Nos conducen al exterior. La luz del sol es maravillosa y cálida. Quiero correr, pero hay una docena de guardias armados.

Nos superan en número y en número.

En el momento en que la puerta se cierra tras nosotros, las armas nos apuntan.

—¡Desnúdense! —ordena uno de los guardias.

Nadie lo hace.

El collar se electrifica y los dedos me aprietan el cuello. No puedo quitármelo. Es instintivo, pero no ayuda a calmar el dolor.

Estoy en el suelo, con la tierra a mis pies descalzos.

Me muevo y tiemblo.

El dolor es mi único amigo.

Odio esta vida.

Un chorro de agua fría asalta todos mis sentidos.

Grito y me doy cuenta de que el frío me sienta bien. Tardo un momento en comprender qué demonios está pasando.

—¡Desnúdate! —vuelve a ordenar el guardia.

A mi lado, las chicas se miran unas a otras y, lenta y metódicamente, nos desvestimos.

No hay casas hasta donde alcanza la vista. El terreno es llano. Estamos en algún lugar del valle.

Lo que significa que no estamos en Breckenridge. Al menos, creo que no lo estamos, pero no estoy seguro.

La manguera del rociador golpea mi piel desnuda.

El sol es caliente y feroz. El spray me sienta bien una vez que me acostumbro al hecho de que los hombres nos miran desnudos.

Quiero gritarles. Gritar que son todos una banda de gilipollas enfermos, pero sé que si lo hago, el collarín me quemará el cuello y me hará daño no solo a mí, sino también a las otras chicas.

Cuatro de ellas son todavía niñas. No miro hacia ellas. No puedo.

Es cruel.

Repugnante.

Quiero vomitar, pero lo único que hago es temblar y jadear.

Tan rápido como el chorro de agua nos golpea, está hecho. La ducha ha terminado, si es que puede llamarse así.

Los guardias nos conducen de nuevo al interior. Miro por encima del hombro el mundo exterior y las imponentes puertas de metal que rodean la propiedad.

Aunque quisiera correr y conseguir que no me disparen, el collar sigue en mi cuello y la valla sería una mierda.

—¡Muévete! —brama el guardia que nos ha rociado.

Atravesamos el edificio. Nos dan una toalla para secarnos y limpiarnos los pies. No quieren que el barro y la suciedad se extiendan por la casa.

Irónico.

Nos conducen por el interior del edificio en la primera planta. Es viejo y todavía huele a humedad. Agradezco que no nos metan de nuevo en la prisión del sótano.

Las paredes están empapeladas con damasco azul y blanco. La alfombra es de felpa pero está desgastada.

Me recuerda a una residencia de ancianos. Desgastada. Olvidada.

¿Quién vive aquí?

—¡Muévete! —ladra uno de los guardias. Me apunta con el cañón de su pistola.

Tiemblo, mi corazón se acelera.

Se ríe, sus ojos brillan de emoción, y eso hace que se me revuelva el estómago.

¿Sabe quién soy?

¿Por eso me han secuestrado? ¿Los Ricci me han secuestrado? No sé cómo es Dante Ricci, pero sospecho que está detrás de mi secuestro y encarcelamiento.

¿Quién más podría ser un monstruo así?

Seguramente, si están buscando un rescate, papá pagará por mi libertad. ¿No lo hará?

¿O es un mensaje para herir a mi papá?

Las chicas que están delante de mí se estremecen y se envuelven con los brazos. El aire aún está viciado, pero es extrañamente más fresco en el primer piso.

Tal vez sea el hecho de que todos estamos empapados.

Nos arrebatan las toallas.

Estamos sin ropa y a su merced.

Los ventiladores del techo están en alto, zumbando y azotando. Se siente bien contra mi piel.

—¡Chicas! —La voz de Diamond impregna la habitación—. ¡Por aquí! —Ella lidera el desfile. La veo ahora, con un vestido rojo de lentejuelas que abraza cada centímetro de su cuerpo. Tiene una figura explosiva.

Casi me da celos.

Ahora mismo, solo estoy celosa de que ella tenga el control y nos ordene obedecer.

Diamond nos lleva a una pequeña habitación. Las ventanas están abiertas, pero se han soldado barras de metal en el interior. No hay escapatoria.

La puerta se cierra de golpe tras la última chica que entra.

Una cerradura hace clic en su lugar.

El mismo juego, en otro lugar.

Somos sus prisioneros.

———

Mis ojos se abren en una nebulosa. Me han drogado. Todavía puedo sentir los efectos de la inyección zumbando en mi cuerpo.

Me froto la parte posterior de la columna vertebral, donde la aguja me atravesó la piel. Eso fue después de vestirnos, peinarnos y transformarnos en juguetes.

¿Pero para quién?

Estoy vestida con un delgado picardías rosa pálido y me rodeo con los brazos instintivamente. La ropa es transparente y deja poco a la imaginación.

No llevo nada debajo y me siento.

La habitación está a oscuras, salvo por la pequeña luz que hay en el techo.

Estoy expuesta.

¿Pero para quién?

A través de mi mirada nublada, veo a otra chica acosada por un hombre con traje. La obliga a sentarse en su regazo y le pasa los dedos por el pelo rojo brillante.

Se me revuelve el estómago. Me pongo de pie. No puedo seguir viendo esto y no hacer nada.

En cuanto me pongo de pie, las piernas me abandonan. El terciopelo afelpado de la cabina en la que me han situado amortigua mi caída. No es el mismo lugar en el que me habían retenido a punta de pistola.

Mis dedos rozan el cuello de la camisa. Todavía está ahí.

¿Por qué creía que había desaparecido?

Me encojo mientras me pongo de nuevo en pie, decidida a proteger a las otras chicas. La verdad es que yo también necesito que me protejan y me salven. ¿No vendrá papá a rescatarme?

Las manchas ante mis ojos se desvanecen y subo las piernas a mi lado en la cabina de terciopelo.

Los hombres se filtran en la sala oscura. Es difícil verlos, pero mis ojos se están adaptando a la oscuridad. O tal vez lo que me han dado está empezando a desaparecer.

Le veo antes de darme cuenta de que estoy intentando ponerme en pie. Quiero hacer un gesto para que me ayude, me salve y me proteja. Pero entonces me doy cuenta de que es igual que el resto.

La vergüenza me envuelve y me quema hasta el fondo. Daniel. Trabaja para la familia Ricci. Es la única suposición que puedo hacer, y por eso estoy aquí como prisionero.

Desde mi asiento, observo el enfrentamiento entre Daniel y sus hombres. No puedo oír las palabras que se intercambian, pero parecen acaloradas. También le apuntan con una pistola.

Parece que ha cabreado a algunas personas importantes.

Me siento menos mal por haber robado su camión ahora que sé que trabaja para un monstruo: Dante Ricci.

Gritos y empujones, palabras acaloradas se lanzan de un lado a otro entre los hombres.

Daniel ha hecho enfadar a alguien. Suspiro, tratando de observar la acalorada discusión, cuando Rafael se dirige hacia mí.

¿Es él mi salvación?

—¿Rafael? —Trabaja para papá. Debe estar aquí para salvarme.

—Cállate —ordena Rafael—. Tu padre llegará pronto y ya está decepcionado contigo. No lo decepciones más.

¿Qué?

Gira sobre sus talones y coge una copa de una camarera que viene con chupitos de algo. Me gustaría poder tomar uno para calmar el dolor y volver a ese estado nebuloso en el que estaba antes.

Las mujeres que deambulan llevando bandejas de licor llevan vestidos cortos de lentejuelas azul oscuro. Todas llevan el mismo vestido. Estoy seguro de que, si se agacharan, les vería los ojos.

Al ver a papá, se me iluminan los ojos y le saludo con la mano, esperando que haya venido a acabar con la familia Ricci de una vez por todas.

—¡Papá! —grito a través de la habitación.

Está muy bien vestido y tiene un cigarro en los labios. Lo saca el tiempo suficiente para lanzar un puñetazo a Daniel.

Intercambian palabras acaloradas antes de que papá atraviese la habitación y atraviese un pasillo lejano. Ya no le veo.

¿No ha oído mi grito?

Se me llenan los ojos de lágrimas. El maquillaje se va a manchar, y hago palanca en el cuello de la camisa, queriendo quitarme el miserable cuero y el metal de encima. Jadeo, segura de que me ahogo y de que el collar me estrangula.

Se acercan unos pasos pesados.

—Ocúpate de ella —dice un hombre con traje a los otros hombres.

¿Se refieren a mí?

Daniel saca un billete de cien dólares.

—Dame una hora con ella —dice.

Se había colocado detrás de los otros hombres de traje que se habían acercado. Al principio no le había visto.

Tal vez no quería verlo.

Rafael le arranca el dinero de los dedos.

—Cuatrocientos por veinte minutos —extiende la mano, esperando que los fondos adicionales se depositen en su palma.

Daniel recupera su cartera del bolsillo y saca un fajo de billetes de cien crujientes.

—Una hora —reafirma que me está comprando para la siguiente hora.

¿Por qué cobra Rafael el dinero? ¿Trabaja para los Ricci?

¿De dónde ha sacado Daniel ese dinero? ¿Cuánto más tiene en su cartera?

Tal vez debería haberle arrebatado la cartera en lugar de las llaves de su camión. Ya era demasiado tarde para adivinar el pasado.

Los otros hombres se dispersan y Daniel se queda de pie junto a mí, amenazante y melancólico.

Parece enfadado. También tiene un ojo morado en la mejilla. Los chicos le han dado una paliza.

Sigo sin entender qué está pasando. ¿Por qué estaban aquí papá y Rafael?

Quiero correr. La intensidad de su mirada, sus ojos apretados y la forma en que arrojó el dinero a Rafael me ponen nerviosa.

¿Qué pretende hacer conmigo?

Me levanto de la cabina de terciopelo, con las piernas todavía débiles, pero empiezo a ponerme en pie. Tal vez pueda eludirlo y correr hacia la salida.

Si supiera dónde está la salida y no llevara ese estúpido collar.

—Siéntate. —Sus duras palabras hacen que un escalofrío recorra mi cuerpo.

Parece enfadado conmigo. Seguramente porque le he robado el camión. ¿Quién diablos es él? ¿Cómo es que tiene tanto dinero?

A los capos les iba bien, pero no se repartían el dinero de la forma en que Daniel tuvo que comprar mi tiempo.

Me estremezco. ¿Qué me iba a hacer por robarle?

Si está con la familia Ricci, entonces estoy en serios problemas.

—Daniel —susurro.

¿Cómo no voy a sorprenderme al verlo? Intento suavizar mi voz y hacer que parezca menos zorra de lo que soy.

—Es Dante —dice, corrigiéndome—. Dante Ricci.

CAPÍTULO NUEVE

DANTE

Había sido un infierno intentar entrar en la fiesta. Los DeLuca no querían que asistiera a la velada, y aunque no tenía invitación, esperaba que aceptaran un poco de verde.

Me equivoqué. El soldado que custodiaba la entrada me reconoció en cuanto puse un pie dentro.

Con una pistola apuntando a mi nuca, alertó a Rafael de mi presencia, lo que hizo que Gino saliera a darme una advertencia para que me fuera.

El problema es que no acepto muy bien las indicaciones.

Especialmente de un matón como Gino.

Después de matizar las palabras y recibir unos cuantos golpes en la cara y el pecho, los chicos optaron por dejar que me quedara a tomar mi dinero.

Una mirada a ella con ese conjunto rosa transparente, y mi polla se endurece.

Maldita sea.

No quiero pensar en ella. No así, y menos ahora.

Parece avergonzada y preocupada por si la traiciono. No tiene ni idea de lo que soy capaz ni de lo que he hecho.

Alrededor de su cuello hay un collar. Es de cuero en los bordes y de metal en el centro. He visto algo similar utilizado para controlar a los prisioneros e imagino que es un dispositivo de tortura de algún tipo.

Casi me siento mal por ella.

Casi.

Me ha robado.

Nadie le roba a Don Ricci. Nunca.

Me hizo quedar como un tonto frente a mi segundo, Moreno. Por suerte, se guardó lo que pasó y nunca volvimos a hablar de ello. Bueno, casi nunca.

¿Sabe ella que la policía se presentó en mi puerta?

¡Ella trajo a la maldita policía a mi casa!

—Siéntate —le ordeno.

No hay lugar para que ella corra o huya. Docenas de hombres de DeLuca controlan la instalación. Mis hombres están en espera fuera del perímetro, en caso de que no salga vivo. Tienen sus órdenes.

Tiembla de frío. Es imposible no dejar que mi mirada recorra su cuerpo. Sus rosados pezones están duros y fruncidos a través de la fina y endeble tela.

No quiero mirar. No quiero ser como los hombres de aquí, que quieren probar la carne por unos pocos dólares.

Nunca he necesitado pagar por sexo. Y estas mujeres no son prostitutas; eso implicaría que hubo consentimiento por su parte.

Eran prisioneras.

—Daniel. —El suave susurro de Nicole y sus largas pestañas me miran mientras se vuelve a sentar en la cabina.

Intento que no se me nuble la cabeza con los recuerdos de la última vez que estuvimos juntos en una cabina. Su cuerpo retorciéndose sobre el mío y se aferra a mi polla endurecida.

La habitación parece varios grados más caliente. ¿Habrán puesto la calefacción en este lugar?

—Es Dante —digo. Mi mirada no vacila ni titubea —. Dante Ricci.

Ella merece saber el nombre del hombre que pretende comprarla. He pagado por veinte minutos con ella, pero tengo toda la intención de llevármela a casa, cueste lo que cueste.

Tiene los ojos muy abiertos, como una cierva y aprovecho para sentarme a su lado. Le pongo una mano en el muslo y ella se congela y contiene la respiración.

No quiero ser el monstruo que soy. Ella sabe mi nombre. Me tiene miedo y por una buena razón, pero ¿se da cuenta de lo horrible que es su padre y de lo que estaba dispuesto a hacer para darle una lección?

Ahora no es el momento. Es probable que haya cámaras y vigilancia de audio.

Tengo que ir con cuidado. Puede que sea una misión suicida, salvarla, pero no pretendo acabar muerto.

—¿Por qué haces esto? —balbucea.

Frunzo el ceño, confundido por su pregunta. Con un fuerte suspiro, me doy cuenta de que probablemente no tiene ni idea de que estoy aquí para salvarla.

No soy el animal que mantiene a las mujeres encerradas en jaulas.

La agarro de la barbilla y la obligo a mirar fijamente mi gélida mirada.

No estamos solos. Los hombres de DeLuca podrían arrancarla rápidamente de mis garras si quisieran castigarme.

Decir que me sorprende que su padre, el jefe de la familia DeLuca, el don, no me haya impedido ponerle las manos encima a su hija es un pensamiento aún más inquietante.

¿Qué clase de hombre no protegería a su hija?

¿Su carne y su sangre?

—Te poseeré, Gatita —le digo.

Ella traga y aprieta los labios, haciéndolos girar hacia dentro.

¿No tiene nada que decirme? ¿Incluso después de haberme robado el camión?

Su mirada pasa por delante de mí. Probablemente esté buscando ayuda, pero nadie vendrá a salvarla.

Soy todo lo que tiene. Soy su caballero, pero no estoy aquí para cabalgar juntos hacia el atardecer. Me la llevaré conmigo, la traeré a mi castillo y la protegeré de su padre, aunque tenga que encerrarla como a Rapunzel.

Su voz sale como un chillido, suave e insegura de sí misma.

—No soy de las que se dejan poseer —dice.

—Eres mía —ronco y planto mis labios con fuerza sobre los suyos, recordándole aquella noche juntos cuando éramos dos desconocidos y no sabíamos la verdad.

Bueno, era ella la que no lo sabía. La arranqué como la delicada flor que es, y ahora la aplastaré.

La hija de mi enemigo es mía.

CAPÍTULO DIEZ

NICOLE

No debería querer ser suya, de Dante Ricci, pero la forma en que toma el mando me devuelve a aquella noche juntos, los dos en el bar.

¿Sabía él quién era yo aquella noche cuando nos conocimos?

Me estremezco cuando me agarra, toma la autoridad y me recuerda que no soy nada sin él.

Solo un juguete.

Eso es todo lo que estos hombres piensan de mí, un objeto sexual.

Me da asco.

Hunde sus labios en los míos y lo muerdo. El bastardo se lo buscó.

Saboreo el zumbido metálico de la sangre. Le perforé el labio. Nada trivial.

Dante se aparta del beso, lleva su pulgar a barrer su labio y descubre el daño que le he hecho.

Espero que me abofetee, que me ahogue, tal vez incluso que me mate.

Una sacudida de corriente me golpea desde el collar que me rodea el cuello. El castigo envía mi cuerpo al suelo del banco. Aprieto el cuello, la mandíbula apretada y los dientes rechinando.

—¡Suficiente! —Dante brama en la habitación.

El dolor se apaga, pero la electricidad ya ha terminado, por ahora.

Parpadeo los ojos llorosos. ¿Las otras chicas sufrieron por lo que yo hice? Tengo demasiado miedo como para echar un vistazo a la habitación y descubrir que yo soy la culpable.

Me sube a su regazo.

—He pagado un buen dinero por ti —dice. Su voz es fuerte, como si estuviera presumiendo de que soy su premio por el momento.

¿Qué está tratando de demostrar?

Su aliento me hace cosquillas en la oreja cuando se inclina hacia mí y me roza los mechones de pelo rebeldes detrás de la oreja. Me estremece su contacto.

¿Se da cuenta?

Su aliento me revuelve el estómago. Es cálido y atrayente.

—Gatita, mira a tu alrededor —dice y con su mano en mi mandíbula me gira lentamente la cabeza.

Echo un vistazo a la habitación. Las chicas están haciendo bailes eróticos o mamadas. Incluso dos de ellas se están follando a los hombres, montándolos como sementales. Todo está al aire libre. No hay ni siquiera una apariencia de privacidad.

¿Qué espera que haga? Me niego a ponerme de rodillas para él o a follar con él.

No sabía quién era en el bar cuando nos conocimos.

Ahora que sé que es un animal, no cederé a sus exigencias.

—No —digo, mirándole fijamente—. Te acostaste conmigo en el bar. No volveré a follar contigo nunca más. —Si hubiera sabido quién era, no lo habría tocado.

¿Era este el precio que pagaba por ese acto? Tal vez fue porque robé su camión.

—Lo harás —dice Dante—. Pero no aquí. No esta noche —sus ojos son oscuros, pero brillan con alegría cuando me aplasta los labios y me atrae hacia su regazo.

Es por su culpa que estoy aquí. Estoy segura de ello. Este es su club.

Le odio por ello, por el secuestro, por la humillación, por la forma en que sus hombres nos tratan a las otras chicas y a mí. Algunos de ellas son niñas.

—Nunca volveré a follar contigo —digo, con mis palabras llenas de veneno.

Él esboza una sonrisa socarrona.

—Nunca es mucho tiempo, Gatita.

Odio el apodo que me ha puesto. Es dulce y juguetón.

Dante no es ninguna de esas cosas.

Me observa, pero distraído.

De vez en cuando, echa un vistazo a los hombres, pero sus manos están en mis caderas, firmes.

Miro en la dirección en la que sigue centrando su atención, pero no veo a nadie. Está oscuro y hay sombras por todas partes. Siluetas de hombres que deambulan por la gran sala poco iluminada.

¿Está buscando a alguien?

—Eres un monstruo. Secuestrar mujeres y niñas para hacerlas desfilar y venderlas por unos minutos de diversión. Es repulsivo.

Abre la boca, pero la cierra.

—¿El gato te ha comido la lengua? —La incredulidad se apodera de él—. Sí, eso es lo que pensaba.

Le he dejado sin palabras.

—Podría arruinarte a ti y a tu padre. Demoler todo el imperio que ha creado —dice Dante.

Intento reprimir un escalofrío que recorre mi cuerpo involuntariamente ante sus palabras.

—Adelante, inténtalo —digo, atrevida y desafiante, para que haga su jugada.

Papá no dejaría que me pasara nada, ¿verdad?

En la oscuridad, hay varios pares de ojos observándonos. Nos están observando. ¿Es papá o los hombres de Dante?

—¿Por qué yo? —pregunto.

Dante se niega a responder a mi pregunta.

Sus dedos se deslizan desde mis caderas hasta el dobladillo de la bata y me rozan el trasero.

Inhalo bruscamente ante su contacto. Estos hombres esperan algo.

Dante no es diferente.

Docenas de preguntas se agolpan en mi cabeza, pero lo único que he conseguido es su silencio.

¿Todo esto se debe a la camioneta que robé?

Sus dedos me rozan el cuello y me empujan la

cabeza hacia un lado, permitiéndole un mejor acceso.

Las puntas de sus dedos me arañan la garganta. Es amable, no es como me imaginaba a Dante Ricci, el jefe de la familia Ricci. Estoy esperando que me ahogue, que me haga daño, que me mate.

Algo está mal.

Él está mal.

Miro fijamente sus ojos negros como dos piedras de carbón, y me siento atraída, tomada en cuerpo y alma.

¿Qué pasa con él?

Sus labios descienden duros y ásperos sobre mi boca. Tiene una mano en mi mandíbula, colocando cómo me quiere, sujetándome, reclamándome.

Esta vez no le muerdo.

Me dejo llevar por la oscuridad y la tentación.

Mis labios se separan y le doy acceso.

No debería querer esto. Debería odiarlo.

Lo odio.

Lo desprecio, de hecho, pero es Dante Ricci, y consigue lo que quiere.

Lo que quiere es a mí.

Sus dedos recorren un camino áspero sobre mi cadera y me levanto lo suficiente para dejar que me toque si se atreve.

Quiero esto. Por primera vez en días, me siento viva y hay una chispa de esperanza. Pero me resulta conflictivo que sea Dante quien me traiga esa luz en la oscuridad.

El odio me quema y su mano se pasea burlonamente por mis muslos y sube hacia mi centro dolorido.

No me da lo que quiero.

¿Por qué debería hacerlo?

Dante ha pagado por su placer, no por el mío.

Sus manos vuelven a empujar mis caderas sobre su regazo. Es contundente y no tiene la menor delicadeza. El aliento de Dante me acaricia el cuello mientras me susurra al oído,

—No te atrevas a correrte, Gatita.

CAPÍTULO ONCE

DANTE

Se me acabó el tiempo. Ha pasado una hora y me doy cuenta de que no es mía ni un minuto más.

—Te compraré ahora, por toda la noche —digo.

Hay una mirada de desesperación detrás de sus ojos ámbar. No puede suplicarme que me quede, pero si pudiera, estaría de rodillas ahora mismo.

Me he burlado de ella y eso es todo lo que le he pedido que haga por mí.

Cualquier otro hombre la habría obligado a hacerle una mamada y le habría metido la polla endurecida en la garganta hasta que se ahogara.

Puedo ver el miedo detrás de esas motas doradas de miel y su mano se aferra a mi muslo. Sus uñas están afiladas. Me sorprende que ninguno de los hombres tenga cortes por su lucha.

Nicole parece una luchadora y algo me dice que el fuego aún no se ha extinguido en su interior.

Le doy una palmadita en el muslo y la guío desde mi regazo hasta la cabina. El material es terciopelo aplastado. Es suave y probablemente acaricia su trasero desnudo.

Desesperadamente, quiero tocar su raja, descubrir el brillo del deseo que se acumula entre sus muslos. Después de todo, es solo para mí.

Los hombres de la velada son criaturas viles y repugnantes.

Me siento como una basura solo por estar aquí.

Pero no puedo dejar que mi atención cambie. Tengo que proteger a Nicole. Si no es por ella, entonces por la familia Ricci. Ella es mi moneda de cambio.

Después de ponerla en la cabina, salgo, queriendo hablar con los hombres de DeLuca. Le hago un gesto para que se quede.

—Nadie la toca —exijo.

El grandullón, que no es tan alto como ancho, indica a sus jefes que se acerquen y es Rafael quien se acerca.

—¿Otra vez tú? —se queja—. ¿Y ahora qué? —Ni siquiera finge alegrarse de verme.

¿Por qué habría de hacerlo? Somos enemigos.

—¿Cuánto cuesta comprar el cuervo en su totalidad? —le digo.

Señalo a Nicole. Estamos lo suficientemente lejos como para que ella pueda oír nuestra conversación. Así debe ser.

Finjo no saber que es la hija de Don DeLuca, ni siquiera que sé su nombre. Es mejor que crean que no me importa. Excepto que no puedo engañarlos cuando exijo que nadie más pueda poner sus garras sobre ella.

Rafael resopla indignado.

—Estás loco. Ella no está en venta. A menos que planees casarte con ella, los compradores pueden elegir a su novia por un precio elevado. Nos gusta pensar en ello como en la búsqueda de pareja.

Ayudamos a facilitar la concertación de matrimonios. —Esboza una sonrisa desdentada—. Hacienda también tiene menos problemas con esto. Somos un servicio de citas.

Mi estómago se revuelve ante el asco que me producen Rafael y los hombres que dirigen este lugar. ¿Realmente Gino DeLuca estaba considerando vender a su hija a un hombre para casarla?

Joder.

No importa el costo. No dejaré que nadie más se la lleve a casa.

Ella es mía.

—¿Cien mil lo cubrirán? —Aunque no tengo esa cantidad de dinero por ahí, puedo transferirles fácilmente los fondos en criptomoneda. Estoy seguro de que no se opondrán.

—Déjame hablar con el jefe.

—Hazlo tú. —Me crucé los brazos sobre el pecho y esperé a que Rafael regresara.

De pronto, Gino sale de las sombras. ¿Cuánto tiempo lleva escondido en la oscuridad de la habitación? No lo había visto. ¿Me había estado observando con su hija?

Sus fosas nasales se agitan cuando se acerca. Es unos centímetros más bajo, pero más corpulento.

Gino también es lo suficientemente mayor como para ser mi padre. Tiene la cara llena de viruelas, los ojos marrones y el pelo grueso, pero obviamente teñido. Sus pobladas cejas son sal y pimienta, mientras que su pelo es tan oscuro como la habitación. Se confunde con las sombras.

Me hace un gesto para que me acerque y baja la voz.

Esta conversación es solo entre nosotros dos. Sus hombres no pueden oírnos, ni tampoco Nicole.

—¿Sabes quién es ella? —pregunta Gino, girando la cabeza para mirar en dirección a su hija—. Ella es de mi sangre.

—Le ofrecí a tu hombre cien mil por ella. ¿Por qué la traes aquí si no tienes intención de venderla? —le pregunto.

Su mandíbula está tensa y torcida mientras aprieta los dientes.

¿He dicho algo que le ha hecho enfadar?

Sé por qué está aquí. Es para darle una lección. Está cabreado. Esta es su forma de controlarla.

Es enfermizo y jodido.

Puede que sea un monstruo, pero no soy un animal. No como él.

Gino se aclara la garganta. Ni siquiera mira a su hija —. Por el doble, puedes tenerla, pero debes saber que está prometida. Su futuro marido vendrá a buscarla. La única manera de romper esa alianza es si tienes intención de casarte con ella.

Me trago el nudo en la garganta.

¿Casarse?

Gino tiene que estar jodiendo conmigo.

—¿Quieres que me case con tu hija?

Tiene que haber una trampa.

¿Está Gino tratando de obtener información sobre mi familia y mis hombres? ¿Utilizaría a Nicole para reunir información?

No tengo intención de casarme, nunca. Las relaciones son una distracción y una debilidad.

El sexo no implicaba ataduras ni complicaciones, nada que me apartara de mis responsabilidades con la familia y el negocio. Y aunque había querido arruinar a Nicole y destruir a Gino, casarme con ella parecía un asunto mucho más complicado que una solución.

—Considera esto como una muestra de mi gratitud por permanecer fuera de este negocio. Y que conste que no quiero verte a ti ni a tus hombres en mi fiesta, nunca más —gruñe Gino.

Sigue sin tener sentido. No puedo creer que sea realmente por el dinero, no con su hija.

—Otra cosa —dice Gino y me hace un gesto para que me acerque.

Dudo, pero no creo que me mate ahora, sobre todo cuando tuvo su oportunidad antes, cuando me presenté en el evento.

—Mi hija nunca debe saber que yo estaba detrás de su secuestro y de este club. Si se lo dices, los mataré a los dos yo mismo. Ahora, ¿tenemos un trato?

Puedo vivir con la idea de que ella piense que estoy detrás de su secuestro y que soy el monstruo. Al menos estará a salvo. Voy a salvar a una chica esta noche.

CAPÍTULO DOCE

NICOLE

Dante me acompaña fuera del local y dirigiéndome hacia su vehículo. No hace falta decir que no es su camioneta.

Con un firme agarre de mi antebrazo, abre la puerta y me empuja al interior.

Me meto a trompicones en el coche deportivo. Huele a nuevo y parece limpio y brillante por fuera.

¿Lo ha comprado hoy porque le he robado la camioneta? ¿O este vehículo estaba sin tocar porque es un cabrón rico con mucho dinero a su nombre?

Honestamente, estoy aterrorizado por este hombre. No quiero ir con él, pero parece que nunca hay opción. Al menos no para mí.

Dante se agacha y se apoya en el coche. Agarra el cinturón de seguridad y lo pasa por mi regazo, asegurándolo en su sitio.

—No quiero que le pase nada a mi preciosa carga —dice.

—No soy un equipaje —le digo.

Se retira y cierra la puerta del lado del pasajero.

Dante se apresura a entrar. Solo hay espacio para los dos en el coche. Debe de haber viajado solo.

—¿Tus hombres no te echarán de menos?

Me encuentro con el silencio.

Vuelvo a mirar el edificio de ladrillos con docenas de vehículos aparcados delante. Mis dedos rozan mi cuello y exhalo un suspiro de júbilo. El collar ha desaparecido.

Dante me ha quitado el grueso collar de cuero del cuello y ha dejado el dispositivo en la cabina.

Por fin puedo respirar.

Pero no soy libre.

Al menos, todavía no.

Dante pisa el acelerador y el vehículo avanza a trompicones, con los neumáticos girando y levantando polvo y suciedad. No tengo que preguntar a dónde me lleva.

Ya sospecho que es a su casa, su guarida privada. Pero no sé dónde está exactamente. En algún lugar de la ciudad, sospecho.

Se mantiene al margen durante el trayecto.

De vez en cuando, siento que su mirada severa se dirige a mí. ¿Cuántas torturas más tendré que soportar por haberle robado la camioneta?

El vehículo da vueltas en las curvas mientras subimos la montaña. Hay hierba a mi derecha. Si puedo salir rodando del coche, tal vez pueda escapar mientras no caiga en picada por la zanja.

Tiene que ser un destino mejor.

Tiro de la manilla de la puerta y se abre.

Dante extiende un brazo para agarrarme y

retenerme mientras pisa el freno y levanta el de emergencia.

Nos detenemos bruscamente.

Los dos alcanzamos la hebilla. Dante intenta detenerme, pero mis manos son diminutas y, con la puerta ya abierta, tengo ventaja.

Me desabrocho la hebilla y me lanzo fuera del coche hacia el bosque.

Solo unos segundos después le oigo perseguirme.

—¡Nicole! —grita y el sonido de sus zapatos cruje contra la grava.

Me deslizo hacia la zanja, haciendo lo posible por mantener el equilibrio, pero es más empinada de lo que pretendía.

Pierdo el equilibrio y tropiezo con mis pies, rodando, dando vueltas y cayendo varios metros hasta que me golpeo contra algo áspero y afilado.

Me duele la cabeza, el estómago y veo doble.

Me levanto para ponerme de pie, pero Dante se me echa encima antes de que pueda levantarme.

—No vas a ir a ninguna parte sin mí —dice y me coge en brazos.

Quiero luchar contra él y gritar.

Mis súplicas son suaves, pequeñas y prácticamente inexistentes.

¿Puede oírme suplicar ayuda?

Murmuro incoherencias mientras me lleva a su coche y me sienta en el asiento del copiloto.

Dante emite un fuerte suspiro.

—No puedes hacer esto fácil, ¿verdad? —pregunta.

No sé de qué está hablando.

La vista se me nubla.

Abre la guantera y me tira de los brazos a la espalda. Siento el metal helado de las esposas clavarse en mi carne.

—Las llevarás puestas hasta que se pueda confiar en ti —dice. Luego cierra de golpe la puerta del coche.

No hay forma de escapar. Estoy a su merced.

CAPÍTULO TRECE

DANTE

La mocosa no pudo relajarse y mantener la calma en el viaje en coche hasta el complejo. No esperaba que estuviera encantada de venir conmigo, pero para escapar hay que tener muchas pelotas.

No confío en ella para contarle mi plan. Lo único que pretendía era comprar su libertad, alejarla de su psicótico padre y luego llevarla a la estación de autobuses más cercana.

Ella todavía llevaba ese negligé rosa transparente. Gino ni siquiera le había dado a la chica una bata para cambiarse.

Nicole necesitaba ropa. Podemos parar en mi casa, encontrarle algo adecuado para ponerse y luego puedo hacer que uno de mis hombres la lleve fuera de la ciudad.

Ese había sido mi plan hasta que ella abrió la puerta del coche y huyó a pie.

Tal vez no debería haberla perseguido. ¿Pero qué iba a hacer, dejarla volver a casa?

Conseguiría que nos mataran a los dos.

Tengo que llevarla al complejo, limpiar y vendar sus heridas. Con suerte, no tiene una conmoción cerebral.

—Mantente despierta —le ordeno.

Sus párpados se abren y gime. No sé si los sonidos se deben a que se siente mal o a que se ha caído por la ladera de la montaña.

Dudo que me diga la verdad si se lo pregunto.

Y esas esposas son una mierda para llevar. Casi me siento mal, pero no puedo arriesgarme a que intente escapar de nuevo.

Cada pocos segundos, la miro con el rabillo del ojo y subo el resto del camino por la ladera de la montaña hasta mi casa.

Es un lugar aislado, fuera de los caminos trillados. Un escondite.

Es menos formal y llamativo que el complejo de mi predecesor.

No necesito llamar la atención sobre mí o la familia, especialmente de las autoridades. Han estado vigilando y esperando que tengamos un desliz.

No soy un idiota. Tengo enemigos que harían todo lo posible para acabar con nuestra familia.

Traer a Nicole a mi casa es un riesgo. Debería dejarla en la estación de autobuses con un billete de ida a la costa este y, lo haré, pero está herida y cansada.

Tengo hombres que pueden cuidar de ella, un médico que puede asegurarse de que está sana antes de enviarla de vuelta.

Mañana, no tendré que volver a verla.

Es solo una noche con ella en mi casa. ¿Cuántos problemas puede causar esta chica?

CAPÍTULO CATORCE

NICOLE

—¿Puedes quitarme las esposas, por favor? Te juro que no volveré a intentar huir —le digo.

No me responde.

Nos detenemos frente a la casa de Dante.

Es hermosa por fuera, vieja y grande. Me sorprende que sea una cabaña de madera, pero es enorme. Se extiende fácilmente por dos propiedades en una zona residencial típica.

Sin embargo, no vive en una ciudad o suburbio.

Estamos en la naturaleza. Dante probablemente posee cientos, si no miles, de hectáreas.

Las ventanas son oscuras, pero de cristal que van del suelo al techo a lo largo de la entrada que da a la carretera.

Es sereno y tranquilo y ofrece una falsa sensación de seguridad.

No hay nada pacífico ni tranquilo en Dante.

Me secuestró, me compró y ahora me ha esposado mientras me arrastra al interior de su casa.

¿Piensa hacerme desfilar delante de su personal?

Dante me saca del coche, me coge del brazo y me guía por las escaleras, hasta el porche de la entrada.

—¿Qué hay abajo? —pregunto mientras abre la puerta.

Sin embargo, exhala un suspiro y enciende la luz. Me arrastra al interior de la casa y me hace girar mientras desarma y luego restablece la alarma, sin dejarme ver el código.

El mismo hombre con el que vi a Dante en el bar aquella noche se acerca a nosotros. Tiene la nariz torcida, algo que no había notado antes desde la distancia. Nos sonríe cálidamente a los dos.

—Jefe.

—¿Qué pasa, Moreno? —pregunta Dante, con un tono muy marcado. Suena cada vez más parecido a como me siento yo: cansado, agotado y listo para dormir durante el próximo siglo.

Dante me empuja hacia Moreno.

—Llévala arriba, enséñale la habitación de invitados. Voy a llamar al médico para ver si puede venir esta noche.

—¿Esta noche? —pregunta Moreno, mirando el reloj de la pared.

—Sí. Se ha dado un buen golpe y quiero asegurarme de que está bien —dice—. Llamaré desde mi oficina. Asegúrate de que tenga todo lo que necesita para la noche.

Mis manos siguen atadas a la espalda. Es incómodo, como mínimo y después de tropezar por la ladera de la montaña, mi hombro también está un poco sensible. Tengo algunos golpes y magulladuras, pero mi visión es mejor que antes.

—Por supuesto, jefe —dice Moreno.

Dante se aleja por el pasillo y me lleva a otra escalera.

—Por aquí —dice Moreno. Me toma del brazo para guiarme por los escalones y por el largo pasillo. A la izquierda hay un balcón que da a la entrada. A la derecha, una puerta tras otra está cerrada.

Pasado el balcón, hay cuatro puertas más a la izquierda. Moreno abre la segunda a la izquierda y me lleva al interior.

Una vez dentro, coge un juego de llaves y me hace un gesto para que me dé la vuelta.

Respiro aliviada cuando me quita las esposas que Dante me puso en las muñecas. Aunque el collar había sido mucho peor, las esposas tampoco eran precisamente agradables.

—Gracias —digo y me pongo los brazos por delante. Me froto las marcas rojas y hago una mueca.

Moreno frunce el ceño, pero no dice nada. Cruza la habitación y abre la puerta contigua.

—El baño está al otro lado de esta puerta. Hay toallas limpias colgadas en el gancho contra la pared si quieres limpiarte antes de acostarte.

Quiero ducharme, librarme de la suciedad que cubre mi cuerpo, pero temo que Dante decida acompañarme en la cama.

Si estoy asquerosa, no querrá acompañarme, ¿verdad?

—¿Tienes hambre? ¿Quieres que el personal te prepare algo de comer?

Niego con la cabeza y hago una mueca. El movimiento me revuelve el estómago. Me apresuro a ir al baño, abro la tapa del retrete y expulso el contenido de su interior. No hay mucho que subir, salvo pan y agua.

Moreno sale de la habitación y oigo el clic de la cerradura de la puerta.

Tiro de la cadena, me enjuago la boca con agua y salgo del baño. Intento abrir el pomo de la puerta del dormitorio, pero no se mueve.

Me ha encerrado dentro.

Es una maravilla.

De una jaula a otra. Es todo lo mismo, solo una prisión diferente.

———

Estoy cansada y sucia. No me molesto en ducharme. Me meto bajo las sábanas y apago la luz de la mesilla.

Justo cuando creo que voy a dormirme, llaman a la puerta con fuerza y la cerradura hace clic.

Dante acciona el interruptor de la pared y la luz del ventilador superior ilumina el dormitorio.

Entrecierro los ojos y me los tapo mientras me incorporo.

—¿Qué es lo que no podía esperar hasta la mañana? —me pongo de mal humor cuando estoy cansada y hace días que no duermo toda la noche. Mucho menos en una cama cálida y acogedora.

Al menos, a esta prisión podría acostumbrarme. No es que quiera hacerlo, pero es cómoda.

¿Es esta una forma de tortura o método de interrogación? ¿Me está privando del sueño intencionadamente?

—El doctor Blake Reiss está aquí para examinarte

después del desagradable incidente que tuviste esta noche —dice Dante.

No lo corrijo. Probablemente tiene al doctor en el bolsillo y son amigos.

—Esperaré fuera —dice y se dirige a la puerta.

—¡Espera! —No sé por qué le impido salir. Aunque no me fío de él, me fío aún menos de este médico.

El ceño de Dante se frunce cuando entra en la habitación y se acerca a la cama.

Inhalo una respiración aguda y nerviosa. Mi respiración se entrecorta ligeramente y él se sienta en el borde del colchón a mi lado.

—Me quedaré aquí todo el tiempo si eso te hace sentir más cómoda, pero puedo asegurarte que el Dr. Reiss es un médico excelente. Te cuidará bien, Nicole.

Es la primera vez que dice mi nombre esta noche. En el club, fui una gatita para él.

Se me corta la respiración con un leve sollozo. Estoy emocionada, destrozada y definitivamente cansada. Las lágrimas me nublan la vista.

—Prefiero a Nikki —digo, corrigiéndolo.

—Por supuesto —dice Dante. Apoya suavemente una mano en mi pierna, que está enterrada bajo la manta.

El médico se acerca y saca una linterna para comprobar mis pupilas, mi visión y mis reflejos. No puedo decir si está preocupado o si se ha quedado en blanco. No me dice si todo está bien o si me estoy muriendo.

—¿Y has estado vomitando? —pregunta el Dr. Reiss —. ¿Cuándo fue tu última menstruación?

Le lanzo una mirada a Dante. Su colega Moreno debe haberle dicho que yo había vomitado antes.

—No lo sé. Nunca he sido muy regular.

El médico abre su maletín y saca un test de embarazo.

—Deberías hacértelo en el baño.

Miro fijamente la caja.

—Me golpeé la cabeza —digo.

No es posible que esté embarazada. ¿No es posible?

Dante y yo tuvimos sexo, pero no me siento embarazada. No tengo ningún otro síntoma, por lo que veo.

—Sí, pero también estabas vomitando. Es solo una medida de precaución. Estoy seguro de que es solo una conmoción cerebral leve —dice el Dr. Reiss. Se pone de pie—. Les daré un minuto. Estaré justo al lado de la puerta.

Continúo mirando la caja de embarazos.

No.

No lo haré. Si existe la más mínima posibilidad de que esté embarazada de Dante, no sé qué hará ni cómo reaccionará.

Fingiré la prueba. Lo sumergiré en agua en lugar de orina.

No creo que esté embarazada, pero no puedo arriesgarme a que el resultado sea positivo.

El Dr. Reiss cierra la puerta y sale de la habitación.

Con un fuerte suspiro, me levanto del colchón y me dirijo al baño con la caja de embarazo en la mano. Intento no darle importancia.

—Deja la puerta del baño abierta —dice Dante.

—¿Qué? ¿Por qué? —le miro por encima del hombro.

El ceño de Dante se tensa y se levanta del colchón, siguiéndome hasta el baño—. Hasta que pueda confiar en ti, necesito ver cómo te haces la prueba de embarazo yo misma.

Resoplo en voz baja.

—¿Te preocupa que no sepa hacer una prueba de embarazo? No es ciencia espacial.

—Me preocupa que me mientas.

—Te dejaré ver el palo —digo.

Dante sacude la cabeza.

—Sí y probablemente lo meterás en agua o lo dejarás caer en la taza del váter para diluirlo. No me fío de ti.

CAPÍTULO QUINCE

DANTE

Gira sobre sus talones y me empuja la caja de embarazo al pecho.

—¿Y crees que confío en ti? —Nikki se burla de mí—. Juro por Dios que, si estoy embarazada, lo interrumpiré.

—¿Perdón? —Mi voz truena ante su sugerencia—. ¡Y por supuesto que no lo harás!

Puede que no haya querido tener un hijo, pero no hay ninguna posibilidad de que deje que me amenace con interrumpir el embarazo.

La agarro de las muñecas y la meto en el baño, atrapándola.

La estúpida caja con el test de embarazo cae al suelo. La pateo con el pie, llevándola conmigo al baño.

—¡Suéltame! —grita, luchando contra mí.

Estoy cansado de sus payasadas. Está claro que está acostumbrada a conseguir lo que quiere. Tal vez debería haberlo esperado, teniendo en cuenta quién es su padre.

—¡Contrólate!

Cierro de golpe la puerta del baño y las paredes vibran.

Se retuerce contra mi agarre hasta que finalmente la suelto. Con un suspiro, me agacho y le entrego la caja, dejando que desenrede el contenido y se haga la prueba. No sé si necesita las instrucciones que acompañan a la prueba o no.

—¿Podrías al menos darte la vuelta para que pueda orinar en privado? —pregunta.

—No. —Cruzo los brazos sobre el pecho y me apoyo en la puerta cerrada.

No es que su ropa no sea ya reveladora.

Había camisetas y sudaderas en los cajones del dormitorio. No se había duchado y mucho menos se había cambiado de ropa antes de meterse bajo las sábanas. Con su delgada bata rosa, puedo ver todo.

Nikki coge un vaso desechable junto al lavabo para beber agua y se sienta en el inodoro. Se hace la prueba de embarazo y, aunque no la miro fijamente, me aseguro de que no me está engañando con la verdad.

Tira de la cadena y se lava las manos. El vaso con la varilla de embarazo está en la encimera del baño. Nikki frunce los labios y se sienta en el borde de la bañera, con las manos en el regazo, sacudiendo la cabeza.

Su rostro se ha vuelto espantoso. ¿Está nerviosa por los resultados o todavía no se siente bien desde antes?

He sido un estúpido al no usar un preservativo. Siempre he tenido cuidado por esta misma razón. No estoy preparado para ser padre.

Miro el reloj, pendiente de la hora, a la espera de comprobar la prueba.

El peor escenario posible me mira fijamente: dos líneas rosas.

Embarazada.

CAPÍTULO DIECISÉIS

NICOLE

No. No. No.

Ese maldito test de embarazo debe estar equivocado.

Parpadeo una vez, dos veces y miro fijamente las dos líneas del test de embarazo que no parecen desaparecer.

Antes se me había nublado la vista. ¿Existe la más mínima posibilidad de que yo sea la única que vea que estoy embarazada?

Una mirada a Dante y doy un paso atrás.

Nunca me dejará ir. No mientras lleve a su hijo.

—Entonces, está decidido —dice Dante. Se aclara la garganta y sus ojos se estremecen antes de darse la vuelta y salir del baño.

¿Qué es lo que está decidido? Cruzo los brazos para protegerme el pecho.

Me duele la cabeza y el estómago me da vueltas por la noticia.

Oigo su voz apagada al otro lado de la puerta abierta del baño. La ira resuena en su tono. Aunque quiera ignorarlo y lo hago desesperadamente, su voz es fuerte y retumbante.

Está en el pasillo hablando con el médico.

Tiro la prueba de embarazo a la basura y me lavo las manos. Miro mi reflejo en el espejo y no reconozco a la chica que me mira.

Cierro la puerta del baño de un golpe. Por supuesto, no hay cerradura. No hay nada que empujar delante de la puerta del baño para mantenerla segura, excepto el estúpido cubo de basura que contiene la prueba de embarazo y la caja. No hay nada más en el bote verde menta que haga juego con las toallas que cuelgan de los ganchos.

Me dirijo a la ducha y giro los pomos, lanzando un chorro de agua caliente a la bañera. La ducha cae a borbotones mientras me desnudo y tiro la ropa al suelo.

La cortina es de tela, con toques de azul, verde y dorado en líneas horizontales. Retiro la tela y me pongo bajo el chorro de agua caliente.

El agua me sienta bien, a diferencia de la última vez que me habían rociado con una manguera. Cierro los ojos e inclino la cabeza hacia atrás. El rugido de la ducha ahoga a Dante y al doctor.

Perfecto.

Es justo lo que necesito.

Me enjabono el pelo con champú. La fragancia es dulce y energizante, con toques de menta verde y lavanda. Aclaro la espuma y me alivia encontrar un frasco de acondicionador a juego.

No son fragancias masculinas y no huelen en absoluto a Dante. ¿Suele llevar a las mujeres a casa desde el bar o la operación de tráfico?

Un escalofrío me recorre.

¿A cuántas mujeres ha poseído?

Me acerco a la ducha y subo la temperatura al máximo.

Sé que la ducha no está fría, pero tiemblo y me castañetean los dientes.

Termino de lavarme lo más rápido que puedo y cierro el chorro de la ducha. Corro la cortina para coger una toalla y miro fijamente la aguda mirada de Dante.

—¡Fuera! —Le señalo la puerta—. ¿Quién demonios te ha dicho que puedes entrar aquí?

Dante me pasa una toalla del gancho y se queda en silencio.

—Podría haberla encontrado yo misma. —No es que haya tenido que rebuscar para encontrar una toalla. La ropa de cama se había quedado fuera.

—Pensé en echarte una mano.

Tiro con fuerza, arrancando la toalla de su agarre y envolviéndola alrededor de mí.

—Cuando quiera que me echen una mano, la pediré —le digo—. ¿Por qué sigues aquí?

¿Acaso el hombre no entiende de privacidad?

—Tenemos que hablar —dice y da un paso atrás, pero se queda en la puerta, con los brazos por encima de la cabeza mientras se apoya en la moldura.

Me irrita. Me acerco a la puerta del baño para cerrarla de golpe.

Los ojos de Dante se estremecen, pero evita que la puerta se cierre sobre él.

—¡Moreno! —grita.

—¿Qué? ¿Necesitas invitar a todo tu equipo a subir aquí para verme en la ducha?

—Técnicamente, te estás vistiendo —dice Dante. Su conducta es fría y tranquila, serena.

No se parece en nada a cómo me siento yo. Me ha puesto en un aprieto, dejándome embarazada y ahora esto, invadiendo mi espacio personal.

—No me voy a vestir si me miras fijamente —le respondo. No hay manera de que Dante tenga otra oportunidad de mirarme desnuda. No si puedo evitarlo.

Mantengo la toalla de menta ajustada a mi cuerpo.

Una mano agarra el material mientras intento alejar a Dante con la otra.

—¡Fuera! —ordeno.

Mis órdenes sirven de poco.

Dante esboza una sonrisa de lado. Su mirada está llena de diversión y una chispa de algo que no reconozco. ¿Será alegría?

Me impide salir del cuarto de baño y, aunque quisiera vestirme, la ropa que está metida en los cajones de la cómoda está detrás de él.

¿Es esto algún tipo de juego para él?

Hay un golpe firme y sonoro en la puerta del dormitorio.

—Entra —dice Dante.

—¿En serio? ¿No te importan los sentimientos de los demás? —pregunto.

Tiro de la toalla con fuerza. No es que Dante pueda ver nada, pero ahora, con otro miembro de la familia Ricci dentro de mi habitación, estoy aún más vulnerable y expuesta.

—¿Señor? —pregunta Moreno y se aclara la garganta.

Dante da un paso atrás desde el marco de la puerta que ha estado bloqueando—. Quiero que se quiten los pasadores y se derribe esta puerta.

—¿Qué? —jadeo. Tiene que estar loco.

—Mi mujer cree que puede darme órdenes —dice con una risa oscura—. Es hora de que aprenda lo que significa estar casada con un don.

¿Esposa?

¿Casada?

—Estás loco —digo—. Es imposible que me case con un monstruo.

CAPÍTULO DIECISIETE

DANTE

No tenía intención de contarle lo del matrimonio sin sentarla y menos mientras estaba empapada y agarrada a una toalla en el pecho.

La toalla apenas se ajustaba a su bonito y curvilíneo cuerpo.

Me molesta y cuando me irrita, tiendo a arremeter.

Los malos hábitos son difíciles de romper.

Le ordeno a Moreno que retire los alfileres junto con la puerta del baño. Si se va a poner difícil y me va a cerrar la puerta en la cara, dos pueden jugar a ese juego. Además, Nikki tiene que saber quién tiene el control.

Y, claramente, no es ella.

—Estás loco. —Me dispara venenosamente—. Es imposible que me case con un monstruo.

No se equivoca y no me acobardo ante sus insinuaciones o su acoso.

Nikki es dura. Tenía que serlo, creciendo con un padre como Gino. Cualquier cosa menos, y pensaría que se está conteniendo.

—¿De verdad crees que tienes opción? —Me acerco a ella y siento el chisporroteo de la electricidad en el aire entre nosotros. El zumbido vibra y ella se inclina hacia mí.

¿Se da cuenta de que este pequeño gesto me dice que me desea?

Abre la boca para replicar, pero la cierra rápidamente.

—Vamos a tener un hijo juntos. No significa que tengamos que ser nada. —Hace un gesto entre nosotros—. Esto, lo que tuvimos, una estúpida noche, se acabó. No volverá a ocurrir.

Lo dice ahora, pero cambiará de opinión.

Puedo verlo en esas profundas gemas de ámbar que brillan cada vez que pone los ojos en mí. Estoy seguro de que el pulso le late en el cuello. Probablemente no es el único lugar donde late.

Miro su cuerpo. La maldita toalla sigue agarrada en su mano.

Nikki puede pensar que ha ganado este asalto mientras doy un paso atrás en el dormitorio.

Mi corazón se acelera cada vez que la miro de reojo. La pasión no es amor. No me engaño creyendo que pueda amar a alguien.

Pero eso no significa que no sea un hombre lleno de deseos.

—Su puerta, quítala de una vez —digo y señalo la puerta del baño. No es una pregunta. Moreno acata mis órdenes.

Moreno asiente con un fuerte movimiento de cabeza.

—En ello, jefe —dice y sale a toda prisa del dormitorio para recuperar un martillo y un destornillador grande.

Nikki pasa por delante de mí tan rápido como puede, pero la agarro de la muñeca y la inmovilizo contra la pared.

Con una mano le agarro la toalla y con la otra la sujeto por encima de la cabeza, atrapándola entre la pared y yo.

—Dante, ¿qué estás haciendo? —susurra, mirándome fijamente.

Sus labios se separan y emite un suave aliento que me acerca.

Juro que la oigo ronronear.

—Reclamándote, Gatita —le digo—. A partir de hoy, hasta que nazca ese bebé, permanecerás aquí bajo mi protección.

Nikki forcejea contra mi agarre, luchando contra mí.

—Nunca tendrás este bebé, mi bebé —me gruñe.

—¿Es así? —La miro fijamente. No tiene ni idea de lo que he hecho para rescatarla y ponerla a salvo.

Aunque quisiera dejarla ir, ahora que está embarazada, no puedo.

Nikki alberga al heredero del trono Ricci si es un niño. Si es una niña, seguirá siendo de mi sangre. Me niego a negar a cualquiera de los dos el apellido Ricci.

—No puedes retenerme aquí contra mi voluntad —asevera.

—Es por tu seguridad. Además, por lo que a mí respecta, no has pagado tu deuda.

Se le va el color de la cara y sus ojos se ensanchan y brillan.

—Sobre eso —dice Nikki—. Puedo explicarlo.

—No lo hagas. Cualquiera que robe a un Ricci acaba muerto a mis manos o con unos cuantos dedos cortados.

Traga nerviosamente, con la mandíbula tensa. Nikki ya no se resiste, lo que me da la oportunidad de llevar su otra mano a la pared por encima de su cabeza.

—Dante —susurra, con el ceño fruncido mientras su toalla cae al suelo.

Debo detenerme antes de perder el control. Moreno

volverá en cualquier momento, aunque no me importa lo que vea.

Mis labios se posan en el cuello de Nikki y ella emite un suave ronroneo desde el fondo de su garganta.

Se hace más fuerte a medida que mis suaves besos la excitan.

Sí, eso fue definitivamente un ronroneo. Gime y separa un poco las piernas. Ya no está tensa y rígida, apretando y manteniéndome a distancia.

—Nunca seremos más que copadres —digo, imitando sus deseos.

—Mmm, sí, así es —murmura en señal de acuerdo.

Beso un cálido camino por su cuello y bajo hacia su pecho. Con una mano, mantengo sus manos por encima de la cabeza, mientras que con la otra, dejo que mis dedos se paseen por su pico, acariciando su pezón antes de inclinarme para chupar y saborear, besar y lamer.

Su cabeza se echa hacia atrás y sus ojos se cierran de golpe.

Lo está disfrutando casi tanto como yo.

—Serás mía —digo mientras dejo que mis dedos desciendan y recorran su estómago.

Sus caderas se mueven hacia delante. Es evidente lo que quiere. ¿Se lo doy?

Gime y su respiración se hace más profunda cuando mis dedos rozan su cadera. Todo lo que hago es provocarla, dejar que mi tacto se desplace y la excite.

—Dilo —le ordeno.

Se queda callada por un momento. Es la primera vez que creo que la he dejado sin palabras.

—¿Que diga qué? —pregunta.

—Que eres mía para hacer lo que quiera.

Sus ojos se abren perezosamente. Respira con dificultad y pesadez. Tiene las mejillas sonrojadas y el mismo rubor se ha extendido por su pecho.

—No —jadea—. Nunca.

La suelto, doy un paso atrás y salgo de su habitación. Cierro la puerta con un fuerte golpe tras de mí.

Moreno se queda fuera, en el pasillo. Está claro que estaba esperando para entrar, con las herramientas en la mano.

—Yo... Solo he tardado un minuto en encontrar el martillo —dice y esboza una sonrisa.

—Espera hasta mañana —le digo—. Nadie entra ni sale de esa habitación hasta mañana por la mañana. —Tomo la llave de mi bolsillo y aseguro la puerta del dormitorio, asegurándome de que no pueda escapar.

Está embarazada de mi familia. No hay ninguna posibilidad de que salga de aquí sin que uno de mis hombres o yo estemos a su lado. No puedo arriesgarme a que corra a una clínica y se arregle nuestro pequeño problema.

Nikki va a tener ese bebé y si no quiere ser madre, puede irse en cuanto nazca mi hijo.

CAPÍTULO DIECIOCHO

NICOLE

¿Qué demonios fue eso? ¿Por qué dejé que me sedujera? Tienen que ser las hormonas. Pero solo estoy embarazada de unas semanas.

¿Es eso posible?

Recupero una camiseta negra perfectamente limpia y crujiente que descansa sobre mis muslos. Es lo suficientemente larga como para cubrir mi trasero y mis zonas íntimas. Me acurruco bajo las sábanas y duermo durante lo que parece una semana.

Por la mañana, Moreno me despierta, insistiendo en que me levante y empiece el día.

—Vete —murmuro mientras se coloca sobre mi cama.

—Es mediodía. Ya has dormido todo el día —dice Moreno. Abre de un tirón las cortinas y la luz del sol entra en la habitación.

Me tapo los ojos con el brazo.

—Te he traído ropa y una vez que te hayas vestido, puedes acompañarme abajo a la cocina.

Sentada en la cama, me subo las sábanas hasta la cintura.

—¿Me dejarás salir de esta habitación? —pregunto. Estaba segura de que, después de la noche anterior, Dante nunca me dejaría salir, que me encerraría en su castillo para siempre.

—Puedes bajar a desayunar, sí. —Moreno señala las bolsas de la compra que hay en el suelo junto a la cómoda—. No estaba seguro de qué talla eras, así que he comprado una de cada cosa esta mañana.

Hay docenas de bolsas llenas hasta los topes de ropa nueva, con las etiquetas de los precios asomando. La ropa es de una variedad de tiendas, cada bolsa de una tienda diferente, ninguna de las cuales se encuentra en Breckenridge.

Debió salir temprano y empezar a comprar en el momento en que abrieron las tiendas.

—No estabas bromeando —digo.

Me resisto a salir de la cama hasta que él sale de la habitación. No tengo pantalones y mucho menos bragas. La camiseta me cubre, pero no lo suficiente por lo que a mí respecta.

Moreno sonríe. ¿Percibe mis dudas?

—¿Qué tal si te doy unos minutos para buscar entre la ropa y luego vuelvo para guiarte hasta la cocina?

—Puedo reunirme contigo abajo —digo. Aunque no sé dónde está la cocina, estoy segura de que puedo encontrarla.

Moreno asiente con la cabeza.

—Te espero en la puerta. —Sale de la habitación y cierra la puerta tras de sí.

Supongo que no se fía de mí.

¿Por qué iba a hacerlo?

Después de unos segundos a solas, salgo de la cama y me dirijo al tocador, donde hay varias bolsas grandes llenas de ropa, dobladas y ordenadas.

Me froto los ojos y doy la vuelta a las bolsas de plástico, dejando la ropa en el suelo. Cojo unos vaqueros de mi talla y una camiseta, junto con unas bragas y un sujetador.

Se me revuelve el estómago al saber que Moreno me ha comprado ropa interior. La mayoría de las prendas son sensatas, pero los sujetadores y las bragas no son en absoluto lisos o desnudos. Hay una gran variedad de colores, tamaños y estilos. Todo, desde tangas y braguitas de bikini, y sujetadores push up hasta copas transparentes de encaje de los mejores diseñadores.

Definitivamente, Dante tiene dinero.

No tardo en vestirme y me paso los dedos por el pelo enmarañado. Tendrá que ser suficiente. Doy una palmada hacia la puerta y giro el pomo, sorprendida al ver que no está cerrada con llave.

Moreno está de pie en el lado opuesto, esperándome.

—¿Tienes hambre? —me pregunta.

La idea de comer no me entusiasma, pero tampoco he comido mucho en días. ¿No debería tener hambre?

—Acompáñame —dice cuando no respondo.

Le sigo por el pasillo y luego por la escalera hasta la planta principal. Recorremos el interior de la casa hasta llegar a la cocina.

Dentro hay una mesa alta con cuatro sillas. No hay nadie más sentado, pero ya hay un plato con comida, un vaso de leche, agua y zumo de naranja delante del lugar donde se sientan.

—¿No hay un comedor elegante? —bromeo.

—Pensé que esto te resultaría más cómodo y familiar —dice.

¿Ha olvidado que me crie con Gino DeLuca? Sabe quién es mi padre, ¿verdad?

—¿Nos acompañará alguien? —pregunto.

Lo que realmente quiero saber es si Dante desayunará conmigo o si me está evitando.

—No, Dante está fuera por negocios durante los próximos días.

—Oh —digo. No estoy segura de por qué me importa. Debería estar aliviada de no tener que verlo. No tener que tratar con él parece bastante agradable.

Moreno parece agradable, amigable y tal vez pueda convencerlo de que me deje salir de mi encierro con Dante.

—¿Te parece que todo es de tu agrado? —pregunta Moreno.

Es formal, mucho más que los hombres con los que trató papá. Moreno tiene ojos amables y una sonrisa cálida, pero sé que detrás de su fachada mataría a un hombre sin pensarlo dos veces.

—Sí, es que no tengo tanta hambre. —Me subo a la silla y me siento frente a las enormes cantidades de comida.

Me parece mal tener todo esto cuando las otras chicas están hambrientas. ¿Qué les ha pasado? ¿Es por eso que Dante se ha ido?

¿Está arrebatando a la próxima fugitiva o llenando su recinto de chicas para venderlas en una subasta?

Aparto el plato.

—No tengo hambre —digo.

El apetito que tenía hace tiempo que desapareció.

—Tienes que desayunar. Si no es por ti, por el bebé que llevas dentro —dice con la voz suave pero firme. Supongo que, si Dante estuviera aquí, me obligaría a comer.

Debería agradecer que le hayan llamado por motivos de trabajo, pero una pequeña parte de mí está triste por no verle.

Él despierta un fuego dentro de mi alma. No sé si debería odiarle o agradecerle que me haya alejado de Diamond y de los demás hombres que podrían haberse salido fácilmente con la suya.

Suspiro y cojo el vaso de zumo.

—¿Puedo preguntarte algo? —miro a Moreno.

Está de guardia junto a la puerta. No sé a qué espera, ¿preocupado porque si huyo tendrá que perseguirme? Su jefe probablemente no estaría muy contento si me escapo. Bien.

Moreno se encoge de hombros.

—¿Cuántas otras chicas ha traído Dante aquí? ¿Cuántas mujeres ha enjaulado? —pregunto. Sinceramente, no estoy segura de querer saber la respuesta, pero al menos así podría aceptar mi destino.

No parece que tenga más hijos y, si es así, al menos Dante tiene una razón para tenerme cerca y mantenerme viva.

Moreno se aclara la garganta. Mueve un poco los pies. Parece más que incómodo. Parece que tiene miedo de responderme.

¿En qué me he metido?

CAPÍTULO DIECINUEVE

DANTE

Evitar a Nikki no es difícil, sobre todo cuando me encargo de los negocios. Necesito sentirme en control y el hecho de que ella vaya a tener a mi hijo me hace, sobre todo, más inseguro.

Incluida ella.

Que Nikki se haya quedado embarazada ha mandado mi plan al infierno. Tenía toda la intención de meterla en un autobús, darle cien dólares y mandarla a paseo.

Ese era el plan.

El plan cambió.

Mirar fijamente esa estúpida prueba de embarazo me hizo darme cuenta de una cosa: no iba a dejar que se fuera.

Pasé cuatro días en Chicago codeándome con los rusos. Vuelvo a casa y me dirijo directamente a la ducha.

Me siento como la basura con la que me he juntado.

Gino es el enemigo que conozco. El hombre no es el más mínimo espontáneo. Seguirá traficando con chicas hasta que esté muerto, e incluso entonces, no estoy seguro de poder detenerlo. Hay demasiadas cabezas que derribar, demasiados hombres que estarían encantados de sentarse en su trono.

La cosa es que la traición no es un trato difícil de hacer. Yo lo sé.

Gino ciertamente lo sabe.

No soy un idiota. Enviar a uno de mis propios hombres de incógnito haría que lo mataran.

Enviar a alguien de Breckenridge sería una misión suicida.

Nuestro pueblo es demasiado pequeño.

Los rusos y yo tenemos un entendimiento, un acuerdo en el que nos mantenemos fuera del territorio del otro, y estamos dispuestos a ayudarnos mutuamente en caso de absoluta necesidad: vida o muerte.

Les he pedido ayuda. Todavía estoy esperando su respuesta.

Su imperio se basa en infiltrarse en organizaciones, hackear empresas, retener secretos comerciales para pedir un rescate.

Necesito su experiencia con el imperio DeLuca para derribarlos. Ya sea tomando sus activos como rehenes o entregando sus secretos a los federales para destruir a Gino y sus hombres, no estoy dispuesto a codearme con los rusos.

Exhalando un fuerte suspiro, cierro la puerta principal tras de mí y subo las escaleras para ir a la ducha. Necesito librarme de la sangre y el sudor que se me pegan a la piel.

En cuestión de minutos, me pongo bajo el chorro y el agua caliente deja un rastro de color rojo allí donde toca. Debería cerrar el grifo, pero no lo hago.

No lo hago.

Una ráfaga de aire frío recorre el baño. En el lado opuesto del cristal, hay movimiento.

—Sea lo que sea, Moreno, ¿no puede esperar? —grito, asumiendo que es él quien interrumpe mis cinco minutos para mí. ¿Quién más sería tan tonto como para irrumpir en mi baño?

Necesito este tiempo para mí para relajarme.

La puerta de cristal se abre.

—¿Nikki? —Parpadeo dos veces y me froto el agua de los ojos.

¿Cómo demonios ha salido de su habitación? No he dormido mucho las últimas noches en un hotel, pero esto no parece real.

—Tu estúpido guardaespaldas no me deja salir —dice. Sus mejillas están rojas y su labio inferior sobresale mientras está de pie, esperando ¿qué, exactamente?

No voy a dejar que se vaya con mi hijo.

—Parece que has encontrado la manera de salir de tu habitación.

No sé cómo lo hizo. ¿Forzó la maldita cerradura desde dentro?, o el guardia más joven, Leone, se olvidó de encerrarla en su habitación. Más tarde se le reprenderá por su error.

—¿Y tuviste que interrumpirme en la ducha para decirme eso?

—No.

No estoy acostumbrado a que me lancen una curva. No así. Ella no puede poner las reglas y jugar conmigo.

Yo soy el que manda.

—Entra aquí —gruño y la meto bajo el chorro caliente.

Grita, y no sé si es por lo inesperado o por el hecho de que aún está vestida.

—¡Dante! —Su mandíbula se queda abierta. Parece desconcertada porque la acabo de empapar.

Nikki no tiene idea de lo que le espera.

De lo mojada que pretendo dejarla.

—¿Qué esperabas? —La apoyo contra la fría pared del baño.

Se estremece y mis dedos tiran del dobladillo de su camiseta blanca, que ahora deja al descubierto su sujetador morado. Gracias, Moreno.

Le arranco la camiseta del cuerpo, rasgándola por el centro, y tiro los restos empapados al suelo. Se encharca.

—¿Qué estás...? —No termina la frase.

Mis dedos ya están en el botón de sus vaqueros. Están tan empapados como su camisa, si no más. El material se adhiere a ella cuando lo bajo de un tirón, y ella se quita los vaqueros mojados.

Otra prenda en el suelo.

Se muerde el labio inferior y yo me inclino hacia delante, saboreando su boca, bebiéndola. Sabe a miel y néctar, dulce y tentador.

Cada mordisco no me parece suficiente.

Me muero de hambre.

Entre los besos fervientes, pellizco la banda de su sujetador. El satén de encaje púrpura cae alrededor de sus hombros, y ella sostiene su brazo fuera de la ducha para dejar que caiga al suelo.

Nikki no me detiene y yo no soy de los que se contienen. Si no quiere esto, me lo dirá. Lo dejó muy claro hace unas noches.

Debería hacerla rogar.

Hacerla suplicar por mi polla dentro de ella.

Mordisqueo su labio inferior y ella se inclina hacia mi cuerpo. Sus caderas se mueven. ¿Está deseando que la penetre de la misma manera que yo lo hago con ella?

Hay tantas cosas que quiero decir, pero las palabras no llegan a mis labios. Le arranco las finas bragas y oigo su pequeño jadeo mientras acaricio su entrada con mi polla.

Ella gime y yo sigo provocándola.

Mis labios recorren un camino de cálidos besos por su cuello y su clavícula.

Nikki inclina la cabeza hacia un lado, permitiéndome el acceso, ofreciéndose a mí.

Sonrío, satisfecho de que haya caído en mi trance. El corazón me martillea en el pecho mientras mi lengua acaricia y chupa sus pechos. Quiero saborear cada segundo, demostrarle que quedarse aquí es lo que quiere y no una obligación.

No puede irse.

No se lo permitiré.

Pero quiero que su deseo de quedarse sea más fuerte que mi necesidad de que esté aquí.

Mi cabeza está nublada, mis pensamientos se escapan rápidamente de mi alcance. Me dejo caer en el suelo de la ducha: el agua me golpea la espalda.

Separo más sus piernas y le lamo la raja. Ella se estremece y yo no he hecho más que empezar.

—Todavía no, gatita —le digo—. Te correrás cuando te dé permiso.

Ella gime en señal de protesta. Sus dedos se enredan en mi pelo.

—Dante —susurra mi nombre. Es como el cielo para mis oídos y hace que mi polla se ponga dura como una roca. Tengo que controlarme si quiero que esto dure, y lo hago desesperadamente. Quiero que, cuando acabemos, se quede con ganas de más, que me suplique que la libere.

—¿Cuándo fue la última vez que te corriste? —le pregunto. Mi lengua recorre sus pliegues y su raja. Su humedad se filtra, una admisión silenciosa de su deseo. Le acaricio el clítoris, rozándolo lentamente con mi lengua, apenas rozándolo al principio.

No me responde.

—¿Fue conmigo? —le pregunto. Mi lengua roza más alto, rodeando su pequeña perla y su respiración se acelera.

—¿O te tocaste a ti misma? —la miro fijamente.

—Oh, Dios —gime. El enrojecimiento de la ducha no es nada en comparación con el rubor que mancha sus mejillas.

Guío uno y luego dos dedos dentro de su calidez.

—¿Te has tocado desde que estás aquí, bajo mi techo? —le pregunto.

Sus ojos se cierran de golpe y se aferra a mis dedos.

—Mírame —le ordeno.

Cuando no obedece, retiro los dedos y retiro lentamente mis labios de su núcleo caliente.

Jadea y tiembla, luchando por mantenerse en pie. Cierro la ducha y la levanto sobre mi hombro, llevándola a mi dormitorio.

—¿Dante?

—No has respondido a mi pregunta —digo mientras la tumbo en la cama boca abajo. Guío su trasero hacia el aire—. A cuatro patas.

Mis dedos acarician su trasero perfectamente redondo antes de separar sus pliegues.

—¿Me quieres? —Me inclino hacia delante y mi aliento le acaricia la oreja.

—Sí —susurra. Su respuesta es ronca y espesa. Cada respiración de Nikki es fuerte y sus suaves jadeos se convierten rápidamente en gemidos cuando coloco mi polla en su entrada.

—Dime que quieres que te folle. —Me cuesta mucho contenerme para no penetrarla. Normalmente cogería un condón, pero parece una inversión inútil ahora, ya que la he dejado embarazada.

—Sí, quiero que me folles —ronronea.

Sus palabras son la más perfecta y dulce armonía que jamás haya escuchado. Me guío dentro de su estrechez y me acerco a ella, acariciando su clítoris con cada empuje.

La cabeza de Nikki cae hacia delante y su espalda se arquea. Ya puedo sentir su orgasmo mientras se estremece contra mi polla.

—Todavía no —le advierto, y me deslizo fuera de ella.

Gime en señal de protesta, y le doy la vuelta, poniéndola de espaldas.

—Más vale que no hayas terminado —dice, mirando fijamente mi polla dura como una roca.

Me burlo en voz baja.

¿Terminar?

No hasta que los dos gritemos.

Me sumerjo en ella, más fuerte y más profundo. Guío sus piernas hacia mis hombros y sus entrañas se tensan contra mí.

—Por favor —vuelve a morderse el labio inferior.

Tiene los ojos abiertos, pero son pequeñas rendijas mientras se esfuerza por mirarme.

—Puedes correrte —le ordeno mientras le froto el clítoris y ella se aprieta y retuerce. Los dedos de sus pies se doblan y su espalda se arquea sobre el colchón.

Necesito cada gramo de energía para aguantar unos segundos más mientras escucho los suaves jadeos y gemidos cuando su orgasmo se apodera de su cuerpo.

Uno.

Uno, dos...

Tres caricias más y estoy allí con ella, derramándome dentro de ella, enterrado en su calor.

Me retiro y me bajo del colchón, dirigiéndome al baño.

—¿Dante? —su voz es suave y dulce, como un susurro desvanecido.

—Duérmete —le digo.

Se mete bajo las sábanas. Mis sábanas.

Nunca dejo que nadie más duerma en mi cama.

Voy al baño y cierro la puerta.

¿Qué he hecho?

Follar con ella no era parte de la ecuación.

Es la madre de mi hijo. ¿Pero una relación? Eso podría complicarse demasiado rápido. Me apoyo en la encimera del baño. Mirando mi reflejo, veo a mi padre, su odio en mis ojos.

Le odio.

Me odio aún más.

Fue un hombre cruel, que llevó a innumerables mujeres a su cama. ¿Es de extrañar que yo sea su único hijo? Esperaba descubrir un medio hermano en algún lugar, esperando reclamar la herencia de nuestro padre.

Nunca sucedió.

Soy el bastardo desafortunado de tener un padre que no quería un hijo. Mi madre murió cuando yo era joven. Tuve innumerables niñeras hasta que tuve la edad de asistir a un internado.

Nunca enviaré a mi propia carne y sangre lejos, pero criar a un niño, ¿qué diablos sé yo de eso?

Hay monstruos que vagan por las calles y quieren destruir a mi familia. ¿Cómo voy a proteger a un bebé?

Apago la luz del baño y me retiro al dormitorio. Nikki ya está profundamente dormida y ronca suavemente, enterrada bajo mis sábanas.

No puedo quedarme aquí con ella.

Corrección.

Esta es mi habitación.

No puede quedarse aquí conmigo.

Me acerco a la cómoda y me pongo un par de bóxeres antes de levantarla con la manta enrollada en mis brazos.

Se remueve, pero no se despierta del todo. Su cabeza se inclina hacia mi pecho. ¿Cómo es posible que esté tan tranquila y calmada sin preocuparse por nada?

Nikki es fuerte. Con todo lo que ha sufrido por culpa de su padre, sigue viviendo y respirando, sonriendo y sin darse cuenta del monstruo que es.

Bueno, no estoy muy seguro de haberla visto sonreír,

pero sí estoy seguro de que no tiene la menor idea de que él la ha secuestrado.

Y yo soy el imbécil que no consigue decirle la verdad.

La llevo de vuelta a su habitación, la guío bajo las sábanas y la envuelvo con las mantas. Me abstengo de darle un beso de buenas noches. No es mía para meterla en la cama. Todavía no.

Me retiro con las mantas y cierro en silencio la puerta de su habitación.

He hecho un voto secreto para ocultarle la verdad, para protegerla.

CAPÍTULO VEINTE

NICOLE

Me revuelvo bajo las sábanas y estiro el brazo para encontrar la cama a mi lado vacía.

¿Se habrá ido a su despacho? ¿O ha vuelto al trabajo?

Mis ojos se abren perezosamente. Estoy de nuevo en mi habitación.

Exhalo un suspiro exhaustivo y me empujo para salir de la cama. Ya es de día y el sol brilla.

No encaja con mi estado de ánimo. Deberían llegar nubes de tormenta y sacudir la casa.

El amarillo del sol tiñe el dormitorio de un resplandor alegre.

Anoche no cerré las cortinas antes de acostarme.

Al parecer, Dante tampoco pensó en ello antes de deshacerse de mí en mi dormitorio.

¿Qué demonios?

¿Era todo lo que yo era para él, un objeto sexual? Un polvo rápido.

Me compró en esa estúpida subasta. Era una prisionera a su merced. Agarrando la almohada, la arrojo al otro lado de la habitación.

Cae al suelo sin apenas hacer ruido, ni siquiera un golpe seco.

¿Por qué creía que yo significaba algo más para él?

Había dejado claro que yo era de su propiedad. Me había comprado como una propiedad después de secuestrarme.

¡El bastardo!

¿Fue todo por su estúpida camioneta que robé?

Él sabe que mi padre es don. ¿No tiene miedo de que haga algo para vengarse?

Todavía no puedo entender por qué papá dejó que Dante me llevara a casa.

Dante no debe haberle dado a papá una opción.

Tengo que darle tiempo. Estoy segura que mi padre enviará un ejército de hombres para destruir a Dante y sus hombres.

¿Pero cuándo? Ya ha pasado una semana y sigo atrapado aquí, sin poder salir.

Un fuerte golpe y la puerta de la habitación se abre. Es uno de los guardias.

—Te esperan abajo en cinco minutos —dice.

¿Esperado? ¿Ahora Dante me da órdenes?

—¿O qué? —pregunto y me envuelvo en las sábanas. Estoy desnuda bajo las sábanas y no quiero que el guardia se haga ilusiones. Apenas parece tener edad para beber. Aunque con amigos como Dante, seguro que consigue lo que quiere, licor incluido.

—Está bien, Leone —le dice Dante al guardia. Pasa junto a él y se invita a entrar en mi habitación. Está completamente vestido, con traje caro y todo, con los zapatos negros brillantes para terminar su conjunto.

Trato de no mirarlo. Pero es difícil cuando esa voz dentro de mi cabeza no deja de darme la lata.

Te ha hecho daño. Te secuestró. ¿Recuerdas? No caigas en su encanto. No caigas en él.

—Vamos a desayunar antes de que tenga que empezar el día.

¿Se supone que tengo que sentirme apreciada porque me invita a desayunar con él? Me importa una mierda.

—No tengo hambre.

Me doy la vuelta para protestar por su anuncio. Quizá capte la indirecta y me deje en paz. Después de todo, lo hizo anoche después de que nos acostáramos en su cama.

Hago una mueca al recordar el incidente. No quiero pensar en sexo ni pensar en él. Y cada segundo que pasa, el pensamiento revolotea por mi cabeza. Recuerdo su cuerpo caliente y desnudo.

No.

No.

No.

Me tapo mentalmente los oídos y canto.

—No estás escuchando ni una palabra de lo que digo. —Dante arranca las mantas de mi cuerpo desnudo.

—¡Cabrón! —chillo y me abalanzo sobre las mantas, que él ha arrancado de la cama. Es más fuerte y mucho más contundente que yo.

Le golpeo con los puños, pero me agarra de las muñecas y me inmoviliza contra la pared. Mis pezones se endurecen por el frío del aire.

Estamos solos, los dos solos y, yo estoy desnuda. La puerta está abierta de par en par y cualquiera podría entrar. Si Leone está cerca, no da ninguna indicación de su presencia.

—¿Yo soy el bastardo? —Dante se ríe—. Es curioso, teniendo en cuenta que estás luchando contra mí. Solo me estoy defendiendo.

—Eres irreal. —No puedo creerle. Dándole la vuelta como si yo fuera el malo—. Me secuestraste. Me obligaste a ir a casa contigo y me encerraste en tu precioso castillo. ¿De verdad crees que eres el héroe?

La sonrisa desaparece de su cara. Deja de sujetarme, da un paso atrás y se quita el polvo de la chaqueta como si le hubiera lanzado fuego.

Sus ojos parpadean y se estrechan. Hay algo detrás de esas oscuras profundidades que me atrae tan fácilmente.

Culpo a las hormonas.

—Solo te invité a desayunar conmigo porque estás embarazada de mi hijo. Fue una amabilidad que te ofrecí. No volverá a ocurrir. Un guardia te traerá tres comidas al día —dice y se gira sobre sus talones.

Es implacable y rápido. Sale del dormitorio dando un portazo y cerrando la puerta tras de sí.

Nunca saldré de aquí.

CAPÍTULO VEINTIUNO

DANTE

—Quiero imágenes dentro de la casa de DeLuca —digo. No estoy satisfecho con el equipo de audio. Necesito más. Algo que pueda usar contra Gino para destruirlo.

¿Pero cómo?

¿Y qué?

Me siento en mi escritorio, hundiéndome en el cuero negro de medianoche. Recorro con los dedos las vetas de la madera del escritorio. Estoy distraído.

Nikki me ha distraído.

Si no tengo cuidado, podría hacer que me mataran.

Por eso he convocado una reunión con Moreno. Necesito su experiencia y para rebotar una idea de él. Confío en él por encima de todos los demás no solo para que me cubra las espaldas, sino para que me diga cuándo estoy metiendo la pata o me estoy equivocando.

—Jefe —dice y se aclara la garganta. Ha estado hablando, pero yo no le he escuchado.

Levanto la vista hacia él. Estamos los dos solos.

—Podemos enviar a Halsey —propone—. Él conoce la disposición de la casa y ya ha estado dentro una vez y ha hecho el trabajo. Además, Breckenridge es pequeño, la compañía de cable no tiene tantos técnicos de servicio. Gino empezará a notar si cada técnico que viene a su casa es de ascendencia italiana.

Mierda.

Tiene razón.

—Lo pensaré —digo.

Todavía estoy esperando noticias de los rusos.

Los DeLucas tienen su propio sistema de seguridad privado. Si podemos hackear y tener acceso remoto entonces no tendré que preocuparme de arriesgar a mis hombres.

Es una solución fácil, pero me costará un favor.

Me froto la nuca. Estoy cansado. Tampoco he dormido lo suficiente. Poner a Nikki de nuevo en su habitación, había pensado que me ayudaría a dormir. No fue así. En su lugar, olí su aroma por toda la almohada y las sábanas.

Tendré que cambiarla y lavarlas. ¿Sacará eso su olor de la habitación?

—¿Podemos hablar de Nicole? —pregunta Moreno.

No la mencionaría a menos que hubiera algo que le preocupara. Sabe cuándo mantener la boca cerrada y me preocupa que no lo haga ahora.

—¿Qué hay que discutir? Como sabes, está embarazada. No voy a enviarla con mi hijo, para no volver a saber de ella.

Eso no está abierto a discusión.

Si Moreno piensa que mantener a Nikki aquí es una mala idea, tendrá un duro despertar. Ella no se irá hasta que la libere.

—Ella cree que tú eres el malo.

—En caso de que te hayas perdido el memorándum, no soy un santo.

Moreno pone los ojos en blanco y se echa hacia atrás en la silla que tengo enfrente. Se inclina hacia atrás, apenas sin tocar el suelo.

—Sí, bueno, lo que me preocupa es que Gino tenga un plan que no hayamos visto y que, cuando venga a por Nicole, ella esté dispuesta a ir con él y darle todos tus secretos.

Ya he pensado en eso.

—¿Por qué crees que la mantengo encerrada en su habitación? —No la dejo acercarse a mi despacho ni a mis hombres. Hay un guardia que la acompaña a la cocina, pero ése es el único lugar por el que se le ha permitido deambular, excepto cuando se escabulló la otra noche.

Eso no iba a volver a ocurrir.

—No puedes hacer eso siempre —dice Moreno.

Quiero decirle que me pruebe, pero sé que tiene razón.

—Cuando llegue el bebé, habrá una guardería y su dormitorio —sonrío satisfecho.

—La niña necesita vitamina D. Luz. Sol. Ya sabes, la bola gigante en el cielo.

—No soy idiota —digo—. Cuando esté menos peleona, puedes dejarla vagar por el jardín. Mantén una guardia sobre ella en todo momento. Y estoy reforzando la seguridad por aquí. Cuando Gino se entere de que su hija está embarazada, quién sabe lo que hará.

—Dijiste que te dio su bendición para casarte con ella. ¿No fue eso lo que ocurrió? —pregunta Moreno.

—Más o menos. —Le hago un gesto despectivo. Me parece un trato extraño, pero no quiero pensar demasiado en un hombre que atormenta y tortura a su hija. Está enfermo.

—Sobre la guardería, jefe. ¿Quiere que mande a pedir una cuna y lo esencial y que la entreguen en el local?

No sé nada de niños. Me sorprende que Moreno sepa más que yo, pero tiene dos hermanos menores. Yo soy hijo único.

—Sí. Una cuna estaría bien. Encárgate de eso. Yo me ocuparé de Nikki.

—¿Y cómo te ocuparás de ella? —pregunta. Levanta una mirada inquisitiva, solo una ceja se levanta. No sé cómo demonios lo hace. O si siquiera lo intenta.

—Le recordaré quién manda. —Tiene esa forma de ser, Moreno. Juro que está tratando de meterse en mi piel. Tengo que sacárselo de encima, esa determinación.

—No es un cachorro al que puedes entrenar y sacar a jugar cuando te aburres.

—¿No es eso precisamente lo que es? Mi mascota.

Mi gatita.

CAPÍTULO VEINTIDÓS

NICOLE

No había mentido cuando me dijo que un guardia me traería tres comidas al día. La mayoría de los días, es el joven y posiblemente impresionable Leone.

Parece el más fácil de manipular, pero no he intentado escapar cuando me trae la comida en una bandeja de plata a mi habitación.

¿Adónde iría a parar?

Leone no es el único guardia.

Cuando me han acompañado a la cocina, he contado hasta cinco hombres dentro, fáciles de detectar. Hay más fuera y posiblemente otros que no he visto en el castillo.

Ha pasado casi una semana y ni la más mínima palabra o mirada de Dante. No sé si está en casa y me evita o está de viaje de negocios.

¿Qué hace además de secuestrar chicas?

Me siento en el borde del alféizar de la ventana. La plataforma es amplia y bastante grande. Podría ser fácilmente un cubículo de lectura si mi habitación estuviera llena de libros. Un lugar donde llevar mi mente.

No me imagino que Dante lea mucho o nada en absoluto. No parece el tipo de persona que tiene la nariz metida en un libro.

Echo de menos la gigantesca biblioteca de la casa de papá. Siempre había libros nuevos para que los descubriera cuando me aburría.

—Te he traído la cena —dice Moreno.

Levanto la vista de mi asiento en el borde de la ventana. Si pudiera abrir el maldito cristal. Mis uñas trazan el grueso pegamento que se ha moldeado junto con el cristal de la ventana.

—No desperdicies tu energía —dice.

Dejo caer la mano sobre mi regazo. No sabe lo que se me pasa por la cabeza.

—Has traído...

Mi nariz se arruga ante el olor y corro al baño. Las náuseas matutinas llegan a cualquier hora del día, especialmente cuando me traen comida.

—Venado —responde Moreno desde el dormitorio.

La bandeja tintinea al colocarla presumiblemente en la mesa cerca de la ventana.

Tras vaciar el contenido de mi estómago, tiro de la cadena, me lavo las manos y vuelvo lentamente al dormitorio.

—No tengo hambre —digo. Por si no fuera ya obvio.

—Apenas has comido hoy —dice.

Me encojo de hombros. Traer un niño a este mundo me parece cruel. ¿No es mejor dejar que la naturaleza siga su curso?

La idea me hace llorar, pero la reprimo. Estoy segura de que son las estúpidas hormonas las que hacen estallar mis emociones.

Dante no me ha visto en días—. ¿Dónde está? —pregunto.

Es más probable que Moreno me diga la verdad. No he conseguido nada de Leone. Sin embargo, no sé si no tiene respuesta o simplemente no quiere decirme nada.

—Deberías comer —vuelve a decir—, o tendré que decírselo.

Bien.

—¿Eso es lo que hace falta para llamar su atención? —me burlo en voz baja y cruzo los brazos sobre el pecho.

Estoy cansada de los juegos. Soy una prisionera, y aunque el alojamiento es más agradable que el recinto, sigo siendo yo sin mi libertad.

Necesito escapar, sentir la cálida brisa de verano en mi piel. Mirar el sol a través de la ventana no ofrece el mismo atractivo.

Moreno me mira fijamente. Sus ojos se arrugan ligeramente.

—¿Hay algo más que pueda ofrecerte? ¿Algún capricho?

El segundo de Dante parece preocuparse más por mi bienestar que por el padre de mi hijo.

—Tráeme a Dante.

Exhala un pesado suspiro.

—Te dejaré con tu comida —dice Moreno, ignorando mi petición. Se retira del dormitorio, y oigo el chasquido de la puerta y el chasquido de la cerradura.

———

Después de decirle a Moreno que me traiga a Dante, no sé qué espero que ocurra. Me subo a la repisa de la ventana y miro hacia el patio trasero, la extensión abierta que se extiende hasta donde puedo ver.

Cojo el cuchillo de mantequilla de la bandeja y trabajo el pegamento alrededor de la ventana. Tal vez consiga escapar.

Estoy trabajando duro, quitando el residuo pegajoso que se adhiere a la ventana cuando Dante entra en la habitación.

Cuando Moreno entra sin llamar, está tranquilo y calmado. Dante no. Entra como una tormenta.

Mis dedos sueltan el cuchillo, que suena con fuerza al caer al suelo, mientras me muevo rápidamente para ocultar lo que he estado haciendo. Sospecho que ya lo sabe.

¿Por eso ha decidido venir ahora?

¿Hay cámaras en mi habitación?

¿O ha sido mi petición a Moreno para que Dante me visite lo que le ha hecho entrar atronadoramente en mi habitación?

Tengo la boca seca, reseca. Hay un vaso de agua con mi comida que está sin tocar.

—¿Es necesario que te alimente? —pregunta Dante. Su rostro no muestra ningún indicio de emoción, pero no coincide con su exterior. Tiene las manos cerradas en un puño.

¿No quiere venir a hablar conmigo? ¿Es Moreno quien le ha forzado? Eso parece poco probable.

Dante no hace nada que no quiera. Una ventaja de ser el jefe.

—No tengo hambre —digo y miro el plato de comida que ahora sin duda se ha enfriado.

Se mueve por la habitación, se acerca a mí. No comenta nada sobre el cuchillo que ha caído al suelo. En cambio, se agacha y lo recoge, apartándolo de mí.

—¿Qué vas a comer? —pregunta.

—Ya te lo he dicho. No tengo hambre. —Considéralo una huelga de hambre. Bueno, eso y las náuseas matutinas. Pensar en la comida me da náuseas.

—¿No eres golosa? ¿O tal vez te apetece un tentempié salado? ¿Te traigo una bolsa de patatas fritas? Te traeré lo que quieras.

¡Qué descaro!

—¿De verdad crees que una bolsa de patatas fritas compensa el hecho de que me hayas encerrado en tu casa y robado mi libertad?

—No es seguro para ti ahí fuera. —Señala hacia la ventana—. ¿Sabes por lo que he pasado para traerte aquí conmigo?

No me gusta que esté tan cerca de mi espacio personal. Necesito espacio para respirar. Me alejo de la cornisa.

Mis pies están llenos de energía nerviosa. Sentarse no es una opción.

—No puede haber sido tan difícil —digo—. ¡Tus hombres me obligaron a entrar en Tu coche y me secuestraron! —Cómo se atreve a hacerse la víctima, como si no fuera él quien tiene todo el control.

Mi estómago se revuelve y estoy segura de que en cualquier momento voy a volver a vomitar.

—¡Quiero que te vayas de aquí! —Señalo la puerta —. ¡Vete! —grito, pero no me escucha.

La bilis me sube a la boca y me apresuro a ir al baño, volteando la tapa del inodoro.

Debería haberla dejado levantada. Paso más tiempo con la cabeza inclinada sobre la taza de porcelana que con cualquier otra cosa en esa habitación.

Me sobresalto cuando apoya una mano en mi espalda.

Estoy sudada y asquerosa.

Me tiro de la cadena y me lavo las manos.

—¿Quieres hacer algo por mí?

Me mira fijamente.

—Tráeme un enjuague bucal.

CAPÍTULO VEINTITRÉS

DANTE

No me gustan los informes que escucho de Leone y Moreno de que Nikki apenas ha tocado su comida.

Moreno había mencionado que está sufriendo de aparentes náuseas matutinas y probablemente por eso no ha comido.

¿Es pura rebeldía?

No.

Cuando se apresura a entrar en el baño, no puede fingir que está sacando la bilis.

Y de alguna manera, encuentra en ella la broma de coger su enjuague bucal.

Me agacho y abro el armario bajo el lavabo. Le doy una botella nueva de enjuague bucal con sabor a menta. Ella frunce los labios y aprieta la cara. Por lo visto, no es tan fisgona como yo pensaba.

Por otra parte, estaba en el baño que era para ella. Quizá debería empezar a hacer caso a Moreno y dejarla salir de su habitación, darle un poco más de margen.

¿Pero puedo confiar en ella?

Abre el plástico y vierte una pequeña cantidad en un vaso Dixie, escupiendo en el lavabo.

—¿Algo más? ¿Sopa? ¿Galletas? ¿Té caliente? —sugiero.

Las cosas no han ido bien entre nosotros. Tengo tanta culpa como ella, pero eso no viene al caso. Sinceramente, estoy preocupado por ella. También me preocupa el bebé que lleva dentro, mi hijo.

—Como he dicho, no tengo hambre. —Me roza y se deja caer en el colchón. Es como si el fuego dentro de ella se apagara. Derrotada.

No estoy acostumbrado a verla así.

Pensaba que su falta de hambre era más por una huelga que por otra cosa, pero al mirarla, al examinarla más de cerca, me preocupa.

Ha perdido mucho peso. ¿No debería estar engordando ya?

—Te voy a llevar al hospital. Quédate ahí —le digo y salgo al pasillo a buscar a Moreno. Le hago saber que estoy preocupada por el bienestar de Nikki y que esté pendiente de todo mientras no estamos.

Él se encargará de todo.

Moreno trae mi camioneta al frente, recién lavada y detallada después de su regreso. Está aparcada en un lateral, sin tocar.

Cojo a Nikki en brazos y la llevo por las escaleras y la puerta principal.

Entrecierra los ojos bajo el sol del atardecer, que es brillante pero no cegador. Debería seguir el consejo de Moreno y dejarla salir, pero me resulta difícil confiar en ella. ¿Cómo podría hacerlo si es la hija de Gino?

En cualquier momento podría traicionarme.

¿Cómo sé que no es una planta para conseguir información para la familia DeLuca?

Ciertamente se me ha pasado por la cabeza. ¿Por qué si no me permitiría la oportunidad de casarme con su hija? El hecho de que no quiera que ella sepa que él está detrás de su secuestro me parece inverosímil, incluso para Gino.

Se me revuelve el estómago ante la mera idea de que Nikki esté jugando conmigo para conseguir la libertad de mi casa. La oficina está cerrada y los secretos que podrían destruirme no están a la vista para que ella se tropiece con ellos.

No soy descuidado.

Todo lo que hago está calculado.

—No quiero ir al hospital —murmura contra mi pecho. Pero no se resiste.

La coloco suavemente en el asiento del pasajero de la camioneta y ella gime.

¿Me trae recuerdos de cuando me robó el vehículo? Espero que haya disfrutado de su vena obstinada y temeraria porque, por lo que a mí respecta, se ha acabado.

—Lo sé, pero estoy preocupado por ti. No puedes retener nada. —Como mínimo, debería hacerse una ecografía. Había estado descuidando mis deberes, y aunque agradezco que nuestro médico viniera a verla con tan poco tiempo de antelación la noche que llegó a mi casa, no es un obstetra.

Solo quiero que el mejor médico atienda a mi hija.

Y a Nikki.

———

No es un viaje rápido al hospital más cercano al otro lado de la montaña. Los vuelos vitales donde vivimos son increíblemente comunes porque no hay realmente ninguna ambulancia.

Para la mayoría de las lesiones y enfermedades, tenemos un médico local, el Dr. Reiss, que trabaja estrechamente con la familia, pero es un señor mayor y no estoy seguro de lo que sabe sobre partos. Es bueno con la aguja y el hilo, remendando agujeros de bala y con cirugías de emergencia.

No tenemos muchas mujeres en el castillo y menos aún que estén embarazadas.

Nikki es la primera.

Estoy decidida a hacerle a Nikki una ecografía para asegurarme de la salud de nuestro pequeño premio que crece en su interior. Necesito saber que nuestro bebé está bien.

Tanto si quiere que la acompañe como si no en la sala de urgencias, estoy a su lado como el padre cariñoso que cabría esperar.

A este lado de la montaña, no soy una cara conocida. No frecuento el hospital si no es necesario. De hecho, lo evito a toda costa.

Nikki no tiene idea de los riesgos que he tomado para traerla aquí. Mis enemigos se extienden mucho más allá de las fronteras de Breckenridge y estoy sin guardias ni hombres que me respalden.

Debería haber traído a uno de los hombres para que me cubriera las espaldas, pero ya es demasiado tarde. Tengo que centrarme en ella.

Está tumbada en una cama de hospital, un pequeño catre blanco, con una manta encima. La enfermera está rellenando papeles, anotando información, mientras Nikki responde a las preguntas que le hace la enfermera.

Nunca había visto a Nikki tan tranquila y amable.

¿Será así con nuestro bebé?

¿O es que le he quitado las ganas de luchar?

Lo dudo.

El tiempo parece detenerse en la sala de urgencias cada vez que estoy detrás de estas puertas dobles de color blanco. Normalmente, estoy cubierto de sangre, con el peso de la vida de otro en mis manos.

Esta vez no son mis hombres los que están en peligro.

Aprieto la mano de Nikki. Tiene los ojos vidriosos y los labios secos.

Una enfermera le trae un vaso con trozos de hielo, y ella lo hace, chupándolos de uno en uno. No ha hablado mucho, y yo no me separo de ella.

¿Me preocupa que le diga al personal del hospital que me la he llevado contra su voluntad?

La idea pasa por mi mente. Pero la deshecho inmediatamente.

El técnico trae el equipo de ultrasonidos.

—Vamos a escuchar los latidos de tu bebé y a tomar algunas fotos. —Antes de que pueda responder a una pregunta, el técnico hace otra.

—¿Has hecho esto antes? ¿Estás preparada? —pregunta la joven. Es todo sonrisas y un poco demasiado burbujeante para mi gusto.

Nikki debe pensar lo mismo, porque me mira con ojos desesperados. ¿Quiere que haga callar a la mujer?

La única forma que conozco no es apropiada en un hospital.

Nikki se levanta la camisa y me llama la atención la planitud de su estómago. ¿Debería mostrarlo? Sé que solo han pasado unas semanas, pero no hay ni el más mínimo indicio de barriga.

El técnico aplica una generosa cantidad de gelatina transparente sobre su estómago aantes de presionar la varilla y examinar el monitor.

Veo la más pequeña mancha en la patalla. Apenas es más grande que una uva: el golpeteo de un pulso salta por el altavoz.

El latido de nuestro bebé.

Aprieto los labios con fuerza.

Se me escapa el aire de los pulmones. La habitación da vueltas.

Voy a ser padre.

—Vaya —dice Nikki. Me aprieta la mano, su agarre es innegable y fuerte. El miedo cruza su frente.

¿Tiene miedo de mí o de lo que significa este bebé? Su vida nunca será la misma y la mía tampoco.

No puedo seguir tratándola como una prisionera.

Moreno tiene razón. Tengo que concederle la luz del sol y la libertad, aunque sea un poco.

Pero ella no tiene ni idea del peligro que corre, todo por mi culpa.

CAPÍTULO VEINTICUATRO

NICOLE

El viaje de vuelta a casa transcurre en silencio. Miro por la ventanilla del camión.

Dante no me ha dicho más de dos palabras desde que salimos.

Eso fue hace más de una hora.

No sé si está enfadado o si se ha perdido en sus pensamientos. Descanso los ojos y me duermo hasta que llegamos al castillo.

Está oscuro y, por primera vez en días, no se me revuelve el estómago. El médico me ha recetado una medicación y me ha puesto una vía intravenosa mientras estaba en el hospital. Probablemente eso haya ayudado por el momento.

Dante aparca la camioneta delante y se apresura cuando abro la puerta.

—Aquí, déjame ayudarte.

Sus hombres ya están en la puerta. Moreno abre la entrada principal y Leone está a su lado. Detrás de él hay otros dos hombres que he visto de vez en cuando por el local, pero no sé sus nombres.

Ha pasado algo. Puedo sentir la pesadez en el aire.

Dante también debe sentirlo.

—¿Qué pasa? —pregunta.

Moreno me mira. Duda. ¿Viene mi padre a rescatarme de esta prisión?

¿Por qué ha tardado tanto? Realmente creía que habría venido antes.

Apoyo una mano sobre mi abdomen y subo las escaleras. Conozco el camino hasta mi dormitorio. No necesito escolta.

Sin embargo, lo siento pisándome los talones.

Dante me sigue.

—¿Planeas encerrarme en mi habitación? —bromeo por encima del hombro. Estoy cansada de los juegos.

Me voy a escapar. Es solo cuestión de tiempo.

—No creo que sea necesario —dice.

Me detengo frente a la puerta de mi habitación y me giro para mirarlo. Su aliento es cálido y hay una evidente carga en el aire.

—¿Por qué? —Debería agradecer que no vaya a encerrarme en mi habitación, pero me sorprende. Quiero saber a qué se debe este cambio repentino en su comportamiento.

—No te vas a ir.

¿Qué le hace confiar en que no correré a traicionarle a la primera oportunidad que tenga?

—No me dejas ir —respondo. Si tuviera la libertad de irme, lo haría.

Gira el pomo de mi habitación y abre la puerta. Me hace un gesto para que entre. Enciende la luz del techo y luego se dirige a la mesilla de noche, encendiendo también la pequeña lámpara.

Con un suspiro, entro en el dormitorio. Dudo que se quede. Nunca se queda. Normalmente entra, me arranca la cabeza, nos peleamos y se va.

Ese es el único patrón que hemos establecido. ¿Por qué esta noche iba a ser diferente?

—¿Cómo te sientes? —pregunta. Sus ojos parpadean. No sé lo que está pensando. En sus sentimientos.

—La medicina ayudó. —Señalo la puerta—. Dejé mi receta en tu camioneta. —Técnicamente, dejé la receta y el papeleo en el camión. Dante se lo había quitado al médico. No me había dejado manejar nada por mi cuenta.

—Haré que uno de mis hombres recoja tu receta —dice—. Mientras tanto, deberías descansar un poco. ¿A menos que tengas hambre? Puedo hacer que el chef te prepare algo para comer.

Aunque ya no tengo náuseas, estoy cansada.

—Dormir suena bien. —Me dirijo hacia el vestidor y saco una camiseta de tirantes y unos pantalones cortos para ponerme en la cama. Con el tiempo, necesitaré otro vestuario—. ¿Dante?

—Sí.

—Voy a necesitar ropa nueva, otra vez. Muy pronto, voy a empezar a mostrar. —Espero que me deje acompañarlo a las tiendas, al mercado, a cualquier lugar fuera del castillo donde he estado encerrada.

—Y cuando lo hagas, me aseguraré de que Moreno recoja suficiente ropa para ti.

Exhalo un fuerte suspiro—. No es eso lo que quería decir. —Él sabe lo que quise decir. Tiene que saberlo. Dante no es un idiota. Sospecho que está evitando dejarme ir. ¿Tiene miedo de que no vuelva?

Debería tener miedo.

—Ya hablaremos de eso otro día —dice y se aclara la garganta—. Ahora mismo, no estás en condiciones de pasear por las tiendas. Tienes que controlar las náuseas y comer más calorías. Si no te gusta lo que prepara nuestro chef, puedo matarlo y hacer que traigan a otro para que te cocine.

—¡No! —jadeo. Se me cae la boca y reconozco esa sonrisa en su cara—. ¡Cabrón! —le doy un golpe en el brazo. No puedo creer sus payasadas.

Él esboza una sonrisa.

—Te tenía.

—Nunca me tendrás, Dante —le digo.

Sus labios son una línea firme y su ceño se arruga mientras considera mis palabras.

No puede tenerme porque no soy suya. No mientras me vea obligada a vivir en su castillo, bajo sus órdenes, sin un ápice de libertad.

Puede poseer mi cuerpo, pero no mi corazón.

Dante se desliza a mi lado. Sus manos se apoyan en mis caderas mientras me guía para que me siente en el borde del colchón.

—Nunca es mucho tiempo —susurra.

Su aliento es cálido y delicioso. Me produce un escalofrío por dentro. Intento ocultar el escalofrío, pero él sonríe con conocimiento de causa. Está orgulloso de poder excitarme con un simple toque.

Le odio por ello. Odio que mi cuerpo me traicione. Quiero odiar a Dante. Sería más fácil gritarle y decirle que es un monstruo. Pero la verdad es que no puedo hacerlo. Estoy unida a él de una manera más profunda de lo que me gustaría admitir. No es solo el bebé lo que me une a él.

Hay algo más.

El anhelo de algo que nunca he tenido, nunca he experimentado antes.

No puedo explicarlo. Tampoco estoy segura de querer hacerlo. Me hace sentir incómodo, como un jersey que pica y que quiero despegar y quemar.

—Hoy podrías haberme destruido. —Me pasa un mechón de pelo por detrás de la oreja y luego me inclina la barbilla hacia atrás para encontrar su mirada.

Sus ojos están llenos de deseo y necesidad. Hambre. Deseo. Excitación.

Me trago el nudo en la garganta.

—¿Cómo? —No siento que tenga ningún poder, ni siquiera un minuto.

—En el hospital —dice Dante—. Podrías haber inventado cualquier número de razones para no dejarme entrar en la habitación contigo.

Se inclina más, su frente se apoya en la mía y yo emito un suave gemido desde el fondo de mi garganta.

Le odio por arrastrarme a su casa, por retenerme aquí, pero no ha sido descortés. Me ha tratado mejor bajo su cuidado directo que en aquellos días en el complejo.

No había sido el momento adecuado para decirle a una enfermera que me habían retenido contra mi voluntad.

Dante siempre estuvo a mi lado. Cariñoso. Cariñoso. Afectuoso. No es ese hombre en Breckenridge.

El personal del hospital no lo conoce de la misma manera que yo. Para ellos, es solo un padre preocupado. Para mí, es mi secuestrador, mi captor y el padre de mi bebé por nacer.

Dos de esas cosas no podía evitarlas. La tercera, me aseguraría, sin importar lo que pasara, de que nunca lo viera.

Si está empezando a confiar en mí, entonces usaré eso a mí favor.

Dante nunca se acercará a mi hijo.

CAPÍTULO VEINTICINCO

DANTE

Meto a Nikki en la cama bajo las sábanas y cierro la puerta. No la encierro. Esta noche no.

Al salir al pasillo, Moreno me espera.

—¿Qué tan grave es? —me pregunta Moreno.

—El bebé está bien. Esa pregunta debería hacérsela yo —intento bajar la voz y hago un gesto para que llevemos esto a otro sitio.

Nos dirigimos a mi despacho de abajo. Paso por delante de Leone.

—Mantén el puesto frente a la puerta de Nicole —le ordeno. Aunque no esté encerrada en su habitación, necesito saber qué está haciendo—. Vigílala en todo momento si no está en su habitación.

—Sí, jefe. —Leone sube la escalera.

Moreno y yo nos dirigimos a mi oficina. Abro la puerta y enciendo la luz, cerrando la puerta tras nosotros.

—¿Algo? —El hecho de que todos los capos estén en mi casa en mitad de la noche me indica que algo se está gestando y Moreno tiene noticias para mí.

—Tenemos ojos y oídos dentro de la mansión DeLuca —dice Moreno—. Tu visita con los rusos dio resultado.

Debería sentirme aliviado, pero la piedra del fondo de mi estómago se hunde como un submarino.

—¿Cuál es el costo? —pregunto. Deben haber contactado con Moreno cuando no pudieron localizarme en el hospital.

—Quieren participar en nuestro negocio de armas. El diez por ciento como socio silencioso.

—¡Joder! —Lo habría negociado a la baja pero Moreno tenía la autoridad para actuar como don mientras yo estaba ilocalizable.

La cara de Moreno es sombría—. Los capos no están aquí para eso, jefe.

Exhalando una pesada bocanada de aire, siento el peso de los problemas cayendo sobre mis hombros.

—¿Qué tan grave es?

Moreno enciende la tableta y abre un archivo específico.

—Esto se grabó alrededor de la medianoche.

Me entrega el dispositivo y miro fijamente a los hombres que aparecen en la pantalla. Los reconozco. Gino está a la derecha. Está hablando con Vance y Rafael. Vance es su mano derecha, lo mismo que Moreno es para mí.

La última vez que vi a Rafael y a Gino fue en la velada. No estoy seguro de lo que espero ver, oír o presenciar mientras me desplomo en la silla del escritorio.

La tableta se queda enganchada en mi mano.

—¿Vas a contarme alguna vez tu juego final con Nicole? Es imposible que dejes que esa sabandija se case con tu hija por dinero —pregunta Rafael.

—Me he estado preguntando lo mismo, jefe —dice Vance.

—Esa mocosa malcriada era igual que su madre. Necesita una o dos lecciones de humildad, en mi opinión. Secuestrarla fue brillante y, aún mejor, ella cree que Dante fue su captor. —Una amplia sonrisa se extiende por su cara, arrugando sus ojos—. Nunca se ha tratado de mi juego final. Se trata de mi motivación. Mi engaño. Mi deseo de destruir.

—Destruir. ¿Cómo? —pregunta Vance.

—Tic-tac —dice Gino crípticamente.

Pongo en pausa el video.

—¿Qué me estoy perdiendo? —Ya había horas de grabaciones y secuencias que filtrar. No tenía ni tiempo ni energía para filtrarlas. Eso es lo que debían hacer mis hombres.

—Sigue vigilando —dice Moreno.

No estoy seguro de poder hacerlo. Cada vez que miro a Gino, me dan ganas de tirar el maldito video por la habitación.

Exhalando un fuerte suspiro, le doy a reanudar.

—Tic-tac —repite Gino.

—¿El ratón ha adelantado el reloj? —Rafael sacude la cabeza—. No lo entiendo, jefe.

Yo tampoco. ¿Qué me estaba perdiendo? Escuché el mensaje. Esperé a entender lo que significaba.

—Nicole ha sido envenenada —dice Gino.

Vance frunce el ceño y se levanta para recorrer la habitación.

—¿Por qué? No es posible que supieras que Dante iba a aparecer y sugerir la compra de tu hija.

—Por supuesto que no. Drogamos a las chicas para que fueran menos propensas a pelear. Nicole tomó una dosis más fuerte y cuando salió con el último lote, mezclamos un cóctel especial. Ella ha sido un problema últimamente. Una que necesita disciplina. Pensé que después de que estuviera enferma y en su lecho de muerte, llegaría a ver que estaba haciendo lo correcto con ella.

—Pero ahora está con los Ricci —dice Rafael—. ¿Vamos a secuestrarla? ¿Traerla a casa?

—No. Enviaremos flores y nuestras condolencias. Ya

tiene síntomas, estoy seguro. Estará muerta en cuarenta y ocho horas.

Dejo el aparato en el escritorio.

—¿Nikki se está muriendo?

CAPÍTULO VEINTISÉIS

NICOLE

El dormitorio se abre con un chirrido, despertándome del sueño. Me doy la vuelta en el colchón, con los ojos doloridos y secos. Estoy cansada. ¿Quién entra en mi habitación?

Las sombras bailan sobre sus rasgos oscuros.

Reconocería ese cuerpo en cualquier parte. ¿Qué hace metiéndose en mi habitación?

—¿Dante? —Me froto el sueño de los ojos—. ¿Qué estás haciendo? —Me siento en la cama y me envuelvo en las sábanas.

Está callado y me acecha como si fuera su presa. Dante se sube a la cama, se cierne sobre mí y me obliga a volver a tumbarme.

—Tú...

—¿Qué? —pregunto. El brillo de la tristeza en sus ojos me revuelve el estómago.

El hospital había confirmado que el bebé estaba sano con una ecografía.

Hay algo detrás de esos ojos oscuros que hace que me duela el corazón, queriendo saber qué pasa.

Se inclina y sus labios capturan los míos en un beso ardiente. Con una mano, sus dedos se enredan en mi pelo, tirando de mí más cerca, más fuerte, mientras baja contra mí, atrapándome entre él y la cama.

—Dime qué es —susurro entre besos.

Mi cuerpo responde al instante a su tacto, a su calor y a su deseo, que me penetran. Un gemido se escapa de mis labios y él lo toma como un estímulo más, empujando las sábanas hacia abajo, sus caderas se levantan lo suficiente como para meterse debajo de las sábanas conmigo.

—Te deseo —dice Dante.

A horcajadas sobre mis caderas, se quita la camisa y me quita la camiseta. Levanto las caderas para que me baje el pantalón del pijama y las bragas. Es difícil negarle nada cuando sus besos encienden un fuego en mi interior.

Probablemente son las hormonas que recorren mi cuerpo y me hacen desear su contacto.

Su aliento me recorre el cuello y me pellizca la piel, marcándome.

Soy suya.

Quiere que todos sepan que le pertenezco.

¿No es por eso que estoy encerrada en este castillo?

—Date la vuelta —me exige al oído y me da la vuelta rápidamente, con sus manos fuertes contra mis caderas—. A cuatro patas.

Incluso en el sexo, ordena con autoridad. Un escalofrío me recorre la espalda mientras me arrastro hasta las rodillas.

Me separa más las piernas y su contacto entre los muslos me hace sentir una oleada de calor hasta el fondo.

—Estás mojada para mí. Bien, gatita —me susurra al oído.

—Sí, amo —digo, interpretando el papel que él debe querer deliberadamente de mí. ¿Por qué si no me da un nombre de mascota y me ordena a su voluntad que haga lo que él exige?

Me recompensa. Los dedos de Dante se deslizan entre mis pliegues y luego rodean mi clítoris.

Muevo las caderas de un lado a otro y sus dedos ejercen la presión perfecta sobre mi dolorosa perla.

—Sé que quieres correrte —me susurra al oído.

Gimoteo en señal de acuerdo. Tiene razón. Quiero experimentar esa dulce liberación que él puede ofrecerme. ¿Seguirá burlándose de mí o me concederá lo que deseo?

—Por favor —ronco. No estoy dispuesta a suplicar. Eso vendrá después, ya que el deseo se alimenta dentro de mí. Quiero sentir cómo me llena.

Me acerco a él por detrás, pero me aparta las manos y me pellizca el cuello. Su cuerpo está acurrucado contra el mío y su gruesa y dura polla se clava en mi entrada.

—¿Quieres que te folle, Gatita? —me susurra al oído.

—Sí.

Mis entrañas palpitan y él ni siquiera ha tocado mi cálido y húmedo centro. Me ha provocado, con sus dedos rozando mi raja, pero mis entrañas ansían más.

Comienza la sensación de palpitación y se me encogen los dedos de los pies. Quiero sentir su polla dentro de mí.

Dante acaricia la cabeza de su polla contra mi entrada, y mis caderas se agitan, deseando que entre en mí, que me folle. Me estoy volviendo loca de deseo. El deseo se convierte en necesidad.

—Por favor —le ruego y siento cómo su polla se hunde en mi estrechez.

Un gemido se escapa de mis labios y mis dedos aprietan las sábanas enredadas en la cama. Tengo la cabeza inclinada hacia delante, colgando, la espalda arqueada.

A cada empujón, veo las estrellas. Mis ojos se cierran de golpe.

Renuncio a intentar callar. Sé que no estamos solos en el castillo y, sin embargo, ya no me importa quién pueda oírnos.

Mis gemidos son mucho más pronunciados y vocalizados, lo que solo parece animarlo aún más.

Cada embestida crece en intensidad, sus movimientos se aceleran al oír mis gemidos.

—Nikki —gruñe y mis entrañas se aprietan, palpitando a su alrededor.

Varias caricias más y me estremece en sus brazos, con los dedos de los pies curvados. No le espero, la dulce liberación hace que mi corazón palpite contra mi caja torácica como si fuera a salirse del pecho.

Dante está justo ahí conmigo, derramándose dentro de mí antes de que nos dé la vuelta y se desplome sobre el colchón, tirando de mí para que me tumbe sobre él.

Nunca pensé que quisiera abrazarme. Me acerca, sus dedos acarician mi espalda y mi trasero desnudo.

El sudor me cubre la piel y el aire fresco del ventilador del techo me acaricia junto con su tacto.

Quiero preguntarle qué pasa, pero su tacto me tranquiliza y me atrae el sueño. Por primera vez en días, me siento aliviada, tranquila y en paz.

—Buenas noches —murmuro antes de quedarme dormida.

CAPÍTULO VEINTISIETE

DANTE

¿Cómo puedo decirle la verdad? Su mano está extendida sobre mi pecho, su respiración es lenta y uniforme.

Se ha quedado dormida.

Levanto las mantas alrededor de nuestros cuerpos desnudos. No tenía intención de entrar en su habitación para acostarme con ella, pero al verla, al saber que su padre la envenenó, no puedo ignorar los sentimientos que se agitan en mi interior.

No debería sentir algo por Nikki. Es peligroso. Amar a alguien destruirá todo lo que he logrado.

Y, sin embargo, ese ultrasonido de esta tarde me robó el corazón.

Va a tener a mi hijo.

No puedo ignorar el sentimiento creciente en la boca del estómago, la sensación de que cuando ella está cerca, me distraigo. No quiero perderme en los pensamientos de una mujer que debería ser mi enemiga.

Nikki no se parece en nada a su padre. Al menos por lo que puedo ver. Es inteligente y astuta, pero no despiadada.

Es un alivio sentir su suave aliento contra mi pecho mientras duerme. Está viva. Mi bebé está vivo. ¿Pero por cuánto tiempo más? Lo que dijo Gino de que le quedaban cuarenta y ocho horas de vida. ¿Cómo puede ser eso?

Quiero golpear a alguien y gritar.

Nikki se mueve ligeramente y mi agarre se hace más fuerte. No quiero dejarla ir nunca.

Nunca.

¿Podría Gino estar equivocado? ¿Tal vez sospecha que estamos escuchando y nos está dando mala información? Solo tenemos vigilancia de audio en la oficina de Gino. No pudo haber encontrado el micrófono.

¿Llevo a Nikki de vuelta al hospital? Ir allí una vez fue arriesgado. Dos veces es mortal. Si no para ella, entonces para mí.

Hay hombres que me quieren muerto. Aparecer en la siguiente ciudad es un suicidio. Tengo que ir con cuidado.

—¿Dante?

—Estoy aquí —susurro y froto su espalda para calmarla. Quiero que se duerma de nuevo. ¿Podría tener tanta suerte?

Intenta apartarse y ponerse de lado, pero no la dejo ir. La agarro por la cintura.

—Se me ha dormido el brazo —dice y trata de moverse contra mí.

De mala gana, aflojo mi agarre y ella se aparta de mi cuerpo y rueda sobre su espalda. Sus dedos rozan mi cadera, su tacto es suave y persistente, incluso cuando sus dedos se deslizan por mi estómago y bajan.

Atrapo su mano contra mi piel.

—Si sigues así...

—¿Qué vas a hacer? —me interrumpe y una enorme sonrisa se dibuja en su rostro.

¿Se está burlando de mí?

—¿Qué hará el gran don? —pregunta.

Sí, se lo está buscando.

¿Por qué me sorprende? Gruñendo, la inmovilizo y la atrapo contra el colchón, con los brazos sujetos por encima de la cabeza con una de mis manos. Mi otra mano roza sus caderas mientras se retuerce debajo de mí.

Sus movimientos hacen que mi polla se endurezca.

Es una tentadora y no puedo negarle el placer.

La idea de dormir desaparece para los dos cuando me sumerjo en su calor. Sus piernas me rodean y me aprietan más.

Atrapo sus labios.

La necesito.

La deseo.

Ella es mi propia droga y mis labios se estrellan contra los suyos, mi lengua empujando dentro de su boca.

Sus gemidos son suaves. Sus caderas coinciden con mis empujones y su espalda se arquea sobre el colchón. Su cuerpo me araña sin usar las manos, tirando de mí con más fuerza, desesperada por liberarse.

—Dante —ruge mi nombre entre besos ardientes y sus entrañas se aprietan, temblando y palpitando.

Es suficiente para llevarme al límite con ella.

Joder.

Sin aliento, me desplomo en la cama y me desprendo de su cuerpo. No quiero aplastarla a ella ni al bebé que crece en su interior.

Perderla no es una opción. Ahora no. Ni nunca.

CAPÍTULO VEINTIOCHO

NICOLE

—Todavía estás aquí —susurro. Dante está acurrucado a mi lado.

No esperaba que durara toda la noche en mi cama. Algo se ha apoderado de él. No estoy segura de qué es. No me sorprende que guarde secretos, pero hay algo que no me dice y que me tiene preocupada.

—Lo estoy haciendo —aprieta los labios con fuerza—. ¿Cómo te sientes?

Una leve sonrisa se curva en la parte superior de mis labios—. Las náuseas parecen haber desaparecido.

No sé cuánto durarán y no me importa. Ahora mismo, solo agradezco no estar colgando la cabeza sobre el inodoro esta mañana.

—Eso está bien.

No parece entusiasmado con mis noticias.

—¿Qué es? —No tengo que conocerlo tan bien para ver que tiene muchas cosas en la cabeza, lo que no puedo determinar si es su trabajo, la familia o yo complicando las cosas.

—Deberíamos vestirnos, desayunar y luego me gustaría que vinieras a mi despacho unos minutos esta mañana. Me gustaría enseñarte algo.

No tengo la menor idea de lo que pretende mostrarme, pero la idea de escapar de los confines de mi habitación y explorar un poco más el castillo suena bastante agradable.

—Claro —digo. Me envuelvo en las sábanas y me bajo del colchón.

Es la primera sonrisa real que veo esbozar a Dante y tiene el hoyuelo más adorable en la mejilla derecha que haya visto.

Encuentro una camiseta y unos pantalones de yoga negros, los cojo junto con un par de bragas y me dirijo al baño.

No hay puerta. Ni siquiera una apariencia de privacidad, gracias a Dante y su equipo.

—¿Te importa? —pregunto, haciéndole un gesto para que se dé la vuelta o, al menos, para que finja no mirar el baño.

—Sí, es mi casa. —Cruza los brazos sobre el pecho y ni siquiera intenta apartar la mirada.

—Bueno, este es mi dormitorio. Por si lo has olvidado, me has encerrado aquí. —Señalo la puerta—. Es hora de que te vayas. Y no te atrevas a llevarte mis sábanas.

Dante se levanta.

¿Me está escuchando? Sería la primera vez.

—Debería vestirme. —Se agacha, coge los bóxeres del suelo y se los pone antes de salir del dormitorio.

Refunfuño en voz baja y dejo caer la sábana.

A veces puede ser un imbécil.

Me visto y me peino antes de salir de mi habitación. Giro el picaporte y asomo la cabeza.

Dante me está esperando.

—¿Dónde están los guardias? —pregunto.

Es imposible que haya dejado mi puerta sin cerrar y que no tenga un equipo de seguridad, asegurándose de que no intente escapar.

Aunque, seamos sinceros, ¿hasta dónde podría llegar? Hay guardias fuera de la propiedad y muchos más dentro. Y con su sistema de seguridad para arrancar, no voy a ninguna parte sin ayuda.

—Ocupado. —Dante es críptico como siempre.

Me acompaña a la cocina y me siento mientras él abre la nevera y saca algunos productos básicos para el desayuno: leche, zumo de naranja y crema para el café.

Me sirve una taza de café.

Me aclaro la garganta.

—¿Tienes otra taza? —Si no lo hace, me la serviré yo misma.

Dante me mira por encima del hombro.

—Estás embarazada.

—No estoy muerta —comento y me deslizo fuera de la silla y me sitúo junto a él en el armario. Abro la puerta del armario y cojo una taza de la estantería—. Sírveme una taza. —No es una pregunta.

—Exigente, ¿no? —sonríe, pero sus ojos no están llenos de alegría. Hay un atisbo de oscuridad, pero todavía tengo que desentrañar lo que pasa por su cabeza.

¿Lo haré alguna vez?

Dante me sirve el café en la taza y yo llevo la bebida caliente a la mesa para sentarme.

—¿Sabes que la cafeína no es saludable para una mujer embarazada?

—Tampoco lo es estar cautiva y eso no te ha impedido tenerme prisionera bajo tu techo —ignoro su oscura mirada y cojo la nata y el azúcar, preparándome el café como me gusta beberlo. Dulce y nada amargo.

Dante pone una porción de nata, pero no de azúcar. Me sigue pareciendo negro.

Todavía no ha respondido a mi comentario sobre ser su prisionero.

¿Qué hay que decir? Es verdad, y él lo sabe.

————

El desayuno es incómodo en el mejor de los casos. No creo que hayamos pasado tanto tiempo juntos como desde anoche.

Tal vez no es el desayuno lo que es incómodo, sino el hecho de que tuvimos sexo dos veces anoche.

No me arrepiento, ¿pero él sí? Entonces, ¿por qué otra cosa me compró y me trajo a casa? Para eso me compró, ¿no? Me muerdo el labio inferior mientras me lleva a su despacho.

No sé qué esperar ni por qué me lleva a su suite privada cerrada con llave. ¿Espera otra ronda para satisfacer sus necesidades?

—¿Qué estamos haciendo? —pregunto mientras abre la puerta de cristal esmerilado de su despacho. Es imposible ver nada hasta que abre la puerta y me hace un gesto para que entre.

—Quiero que veas algo.

Maldita sea, ¿es críptico? Aprieto los labios y entro. Ya soy su prisionero. Si no cumplo sus órdenes, es probable que me levante y me lleve a su despacho.

La idea es tentadora, pero no me apetece que me manipulen.

En su despacho hay un escritorio de caoba oscura y una silla de cuero negro. Al otro lado hay un asiento para un invitado, pero parece poco usado. Probablemente no recibe muchas visitas.

Las paredes son de un gris apagado, pintadas sobre tablas de madera que iluminan la habitación, que no tiene ventanas. Hay una puerta dentro de su despacho, de madera y el picaporte tiene otra cerradura.

No puedo evitar preguntarme qué secretos esconde tras esa puerta.

Dante da un paso detrás de su escritorio y abre el cajón del escritorio, deslizando el cajón de madera para abrirlo. Saca una tableta. Toca la pantalla, la desbloquea y abre la aplicación que aparentemente quiere que vea.

¿Qué podría querer mostrarme?

—Deberías sentarte —dice mientras señala la silla de invitados que hay frente a su escritorio.

Aunque preferiría estar de pie, la oscuridad de su mirada vuelve a aparecer y me hundo en la silla sin decir nada.

Le da al play y me pasa la tableta para que vea un video de mi padre, Rafael y Vance en el despacho de papá.

—¿Estás espiando a mi familia?

Mi estómago se hunde y la comida que he comido da vueltas en mi estómago.

—Tienes que ver el video —dice. Está tranquilo. Demasiado tranquilo, dada la tristeza que atraviesa su mirada.

No debería sorprenderme y, sin embargo, me disgusta que no haya privacidad.

—¿También has puesto cámaras en esta casa? ¿Y en mi dormitorio?

Me pongo las manos en el regazo para mantenerlas firmes, pero tiemblo por dentro y por fuera. Este conocimiento me ha irritado por dentro.

¿Por qué pensé que podía confiar en él?

No responde a mi pregunta, me pongo de pie y dejo caer la tableta sobre su escritorio.

—¡Siéntate! —Dante grita como un relámpago y su voz brama y resuena en las paredes como un trueno.

Me dejo caer en mi asiento.

Dante pulsa el play y me obliga a ver el video.

—Nicole ha sido envenenada —dice papá.

Vance se pone de pie, con las manos cerradas en un puño mientras recorre la habitación.

—¿Por qué? Es imposible que supieras que Dante iba a aparecer y sugerir que compraras a tu hija.

—Por supuesto que no. Drogamos a las chicas para que fueran menos propensas a pelear. Nicole tomó una dosis más fuerte y cuando salió con el último lote, mezclamos un cóctel especial. Ella ha sido un problema últimamente. Una que necesita disciplina. Pensé que después de que estuviera enferma y en su lecho de muerte, vería que yo estaba haciendo lo correcto con ella.

—Pero ahora está con los Ricci —dice Rafael—. ¿Vamos a secuestrarla? ¿Traerla a casa?

—No. Enviaremos flores y nuestras condolencias. Ya tiene síntomas, estoy seguro. Estará muerta en cuarenta y ocho horas.

—No. No es... No es mi papá. —La habitación es caliente y sofocante bajo el escrutinio de Dante. Escapo de la silla y salgo corriendo de su despacho.

Salgo corriendo por el pasillo. La habitación da vueltas y me agarro a la pared para mantenerme en pie.

No funciona.

Dante va dos pasos por detrás y, cuando caigo al suelo, me coge y me levanta en brazos.

—Él nunca —empiezo, pero no puedo terminar mis pensamientos. No tiene sentido.

¿Papá me drogó?

No.

Él no es un monstruo. Dante es el monstruo. Tiene que ser un truco, algún tipo de manipulación de video.

—Suéltame. —Aunque Dante me suelte, no creo que pueda mantenerme en pie. La habitación está girando salvajemente y mi estómago está dando volteretas. No estoy segura de no desmayarme o vomitar. Cualquiera de las dos cosas parece una realidad plausible.

Dante me lleva sin palabras por las escaleras hasta mi dormitorio.

Odio que incluso yo lo haya designado como mi dormitorio. No es mío. No debería ser mío. No quiero quedarme.

Me tumba encima de las sábanas. La cama está hecha. Dante tiene sirvientes que atienden todas sus necesidades. ¿Fueron comprados de la misma manera que yo fui comprada y traída a su casa?

—Te odio —digo. Siento la suavidad de la cama bajo mi cuerpo. Es una distracción acogedora de mis piernas de gelatina, pero no quiero estar aquí. No quiero ser suya. No debería haberme acostado con él en el bar.

¿Fue eso lo que empezó esta catástrofe? ¿O fue que le robé su estúpida camioneta?

Se posa en el borde de mi cama. No me ha dicho ni una palabra. Su trato silencioso es peor que cualquier otra cosa. ¿Por qué no discute y se defiende?

Incluso sin ser invitado a la cama, parece relajado, como si perteneciera.

Bueno, no lo hace.

—Es un truco. Una mentira. No te creo.

—Tu padre es un monstruo. —Dante me aparta un mechón de pelo de los ojos.

Levanto la mano para apartar su brazo de un manotazo.

Me agarra la muñeca y la sujeta con firmeza. ¿Me está recordando que él está al mando? ¿Cómo podría olvidarlo?

Sus ojos parpadean. Y es la misma oscuridad, la tristeza y la melancolía que vi anoche y de nuevo esta mañana.

—El video es real. —Él me mira fijamente.

Cuando dejo de luchar, suelta su fuerte agarre de mi muñeca. Mi brazo cae a mi lado.

—Vamos a traer a un médico para que te examine esta mañana.

—Me encuentro bien. —Se me llena el estómago de pavor, pero sospecho que es más por la noticia que por otra cosa—. Anoche fui al hospital. La ecografía mostró que todo estaba bien. Nuestro bebé está sano. —Apoyo una mano sobre mi abdomen.

—Has estado perdiendo peso, luchando por comer durante las últimas dos semanas. Moreno tiene un amigo que es especialista en este tipo de cosas.

Pongo los ojos en blanco.

—Estoy embarazada. No es raro sufrir náuseas matutinas. —Me muevo para sentarme y demostrarle que estoy bien y que está exagerando. Pero la habitación da vueltas.

Probablemente sea por el estrés. Está claro que me está estresando mucho.

—Bien. Dejaré que tu especialista me examine, pero te digo que estoy bien. Mi padre no me envenenaría.

¿Lo haría?

Me froto los ojos. Me escuecen, pero no quiero que me vea reaccionar.

—¿Puedo tener algo de espacio? —Hago un gesto hacia la puerta.

—Estaré justo fuera de tu habitación si necesitas algo.

Me burlo en voz baja.

—Seguro que sí.

Dante se levanta y sale de la habitación, dejando la puerta abierta de par en par.

¿Acaba de darme permiso para salir de mi habitación? Dijo que ya no me iba a encerrar. Aunque no le creo, es la primera vez.

Tal vez solo quiere mirar y asegurarse de que no me desplome y muera.

Se oye un ruido de pasos y Dante está hablando con alguien en el pasillo. Con la puerta abierta de par en par, están hablando en voz más baja que de costumbre. No hay voces apagadas detrás de una puerta. Si hablan un poco más alto, puedo oírlo todo.

Dante se aparta de la vista, pero sigue en el pasillo.

Deslizo las piernas por el borde del colchón y me pongo de pie con las piernas tambaleantes: un pie delante del otro.

Tengo el estómago revuelto, pero lo atribuyo al video y a las noticias. El bebé está bien. Yo estoy bien. Dante es un hipocondríaco, en el mejor de los casos. En el peor de los casos, está tratando de manipularme.

Papá no me haría daño. Estoy segura de ello.

Es un truco, una forma de manipulación. Tal vez los hombres de Dante están detrás de esto.

Dante quiere que me quede porque voy a tener su hijo. Pero sus hombres, prefieren que me vaya. Estoy segura de que soy una distracción para el negocio.

Le seguiré el juego. Dejaré que su tonto doctor me examine. Tal vez si finjo estar enferma, los hombres que me custodian bajarán sus defensas y podré escapar.

CAPÍTULO VEINTINUEVE

DANTE

Después de que el médico examine a fondo a Nikki, salimos al pasillo. Cierro la puerta.

—¿Cuál es el diagnóstico? —pregunto.

El médico es un caballero mayor que podría tener la edad de mi padre. Lleva el pelo corto y enredado, que se agita en todas direcciones. Tiene los rasgos de un científico loco con su bata blanca de laboratorio y un estetoscopio alrededor del cuello.

Pero confío en él.

Viene muy recomendado.

—¿Aparte del embarazo? Ha sido envenenada y tiene fiebre C. Me atrevería a decir que fue utilizada como arma biológica dada su situación. Quienquiera que haya hecho esto, pretendía que Nikki sufriera. Es bueno que hayas acudido cuando lo hiciste.

Me trago el nudo en la garganta.

—¿Y qué pasa con el bebé?

—Corre el riesgo de sufrir un aborto espontáneo, un parto prematuro o un bajo peso al nacer.

Qué maravilla.

Me paso una mano por el pelo. Si no parezco un desastre, seguro que me siento como un desastre andante.

—¿Cómo tratamos la fiebre C? —pregunto—. ¿Hay algo que podamos darle? ¿Antibióticos? —No puedo ni siquiera considerar que ella y el bebé puedan morir. Esa no es una opción.

El médico se sube las gafas a la nariz.

—Necesitará un tratamiento con antibióticos para la infección.

Antibióticos. Gracias al cielo por la medicina moderna.

—¿Pero se pondrá bien? ¿Ella y el bebé se recuperarán por completo? —Eso es lo que necesito oír.

—Sí, creo que se pondrá bien, pero tendremos que vigilar de cerca el embarazo. Y si los antibióticos no funcionan y sigue teniendo síntomas, llámame enseguida. Hay casos raros en los que puede convertirse en fiebre C crónica, lo que puede suponer un riesgo mayor.

———

Finalmente siento que puedo respirar de nuevo. Moreno pasa por la farmacia local con la receta para Nikki.

Aunque no estamos fuera de peligro, el hecho de saber que estará bien es un alivio.

Solo espero que el pequeño que crece dentro de ella pueda soportar la infección y el tratamiento con antibióticos.

Llevo una bandeja a la habitación de Nikki con galletas saladas, sopa y un vaso alto de agua lleno hasta el borde. Ya ha pasado la hora de la comida y no ha comido desde el desayuno. Dado que no ha comido mucho en toda la semana, le agradezco que haya podido comer una tostada con mermelada.

Pero no puede vivir de tostadas mientras está embarazada. Necesita una dieta saludable.

—¿Qué dijo el médico? —pregunta Nikki. Está tumbada de lado, mirando por la ventana.

—Un tratamiento de antibióticos será suficiente.

Se pone de espaldas y me mira. Su pelo oscuro salpica la almohada y se pasa la mano por el abdomen.

—¿Y el bebé?

No voy a mentirle. Ya hay demasiadas mentiras sobre las que se construye nuestra pseudo-relación. No sé cómo llamarla. Ella está aquí porque yo se lo exijo, no porque desee estar conmigo.

Quizá algún día eso cambie. Al menos, mi prioridad es el niño que está creciendo dentro de ella.

—Siempre hay riesgos, pero si no tomas los antibióticos, tú y el bebé morirán. —No hay que endulzar la gravedad de la situación. Quiero que se lo tome en serio. No es que dude de que lo haga, pero ella y ese niño, mi niño, son mi responsabilidad.

Se sienta en la cama y se apoya en las almohadas que tiene detrás. Acerco la bandeja de plata a la mesita de noche y la pongo a su alcance.

No sé si debo quedarme o no.

—¿Soy contagiosa?

—No —respondo.

Ella pone los ojos en blanco y sonríe.

—Entonces siéntate. —Nikki me hace un gesto para que me siente en la cama a su lado. Es una invitación, y debería aceptarla. También debería estar enterrado en mi despacho trabajando. Hay más cosas que hacer y videos de vigilancia que ver.

Accedo a su petición y me acomodo en el borde de la cama.

—Come —le ordeno. Si hago lo que me pide, entonces ella hará lo que yo le diga.

Sus ojos miran la bandeja, pero no coge nada, ni siquiera las galletas.

—¿Tengo que darte de comer? —le pregunto. Si se va a comportar como una niña, la trataré como tal.

Alcanza las galletas y se lleva una a los labios, dándole un pequeño mordisco. No estoy seguro de que eso cuente como comer, pero lo dejo pasar.

CAPÍTULO TREINTA

NICOLE

No confío en Dante. ¿Cómo puedo hacerlo, si ayer me encontraba en el hospital y estaba bien y esta mañana me muestra un video en el que me dice que voy a morir?

El video es falso. Tiene que haber sido manipulado.

Sus hombres podrían haber creado fácilmente el video y de alguna manera cambiar las identidades para que parezca mi papá.

Conozco a papá. Puede ser duro y cruel a veces, pero nunca me haría daño a mí, su única hija.

Y el doctor. Trabaja para Dante y haría cualquier cosa que se le ordenara, incluso drogar a su paciente.

Cuando lleguen las píldoras, no las tomaré. Eso será una lucha para más adelante. Puedo lengüetear las drogas y tirarlas por el retrete cuando nadie esté mirando.

Tomo unos sorbos de agua después de mordisquear galletas para que Dante se baste. Lo último que quiero es que me obligue a comer, pero no tengo hambre.

¿Cómo puede esperar que quiera comer después de lo que me ha dicho?

Se levanta del colchón y dejo que se vaya.

—Volveré más tarde para ver cómo estás —dice y me da un beso en la frente.

Intento no inmutarme.

Dante sale de mi habitación y cierra la puerta. No oigo el clic de la cerradura.

Me apresuro a salir de la cama y me visto para el día.

Se oyen pasos en el lado opuesto de la puerta, justo

en el pasillo. Las voces se apagan tras las gruesas paredes.

¿Está Dante hablando con uno de los guardias?

¿Están hablando de mí?

Trago el resto del vaso de agua. Tengo más sed que hambre, pero no quiero que Dante sienta ningún atisbo de satisfacción por haber conseguido ingerir líquidos o comida.

Si le importa algo, es el bebé que llevo dentro. Le importo un bledo.

Llaman a la puerta y corro hacia la cama.

—Tu medicina —dice Dante, mostrándome la bolsa de la farmacia. Abre la bolsa de papel grapado, rompe la parte superior y la pone boca abajo para dejar caer el frasco de pastillas sobre el colchón.

Alcanzo el frasco, pero él lo coge antes de que pueda examinar la receta.

Lee las instrucciones y me da una pastilla.

Alcanzo el vaso de agua casi vacío y él lo lleva al lavabo para llenarlo.

—Tendrás que beber un vaso lleno de agua con cada dosis.

—¿Qué me ha recetado el médico? —pregunto, cogiendo el frasco de pastillas.

Doxiciclina.

Nunca he oído hablar de ella específicamente, pero suena legítima, como un antibiótico.

No me daría una píldora que me hiciera abortar, ¿verdad?

—Toma. —Me da el vaso de agua—. Las instrucciones también dicen que podría alterar tu estómago. Haré que nuestro chef, Savino, te prepare algo para comer. ¿Crees que podrás almorzar?

—Una tostada estaría bien —digo. Dudo que pueda tolerar mucho más.

—Tómate la pastilla —dice. Está de pie junto a mí, rondando.

Hago como si me metiera la pastilla en la boca, palmeando la droga en mi mano mientras bebo el vaso de agua.

Sus ojos se estrechan.

No lo sabe.

No puede saberlo.

Dante me agarra la mano y me abre el puño. La píldora cae a las sábanas debajo de mí.

Mierda.

Sus ojos son más oscuros de lo que nunca he visto, mientras levanta la píldora de las sábanas.

—¿Tienes ganas de morir? Quizá a ti no te importe lo que le ocurra a mi hijo, pero a mí sí —gruñe y me agarra la barbilla.

Me retiro, pero no me suelta.

Quiero decirle que me deje en paz, pero me sujeta la mandíbula inferior. No me gusta que me manipulen.

—Toma tu maldita pastilla. —Me la mete en la boca y me cierra los labios—. ¡Traga! —me ordena.

Trago, pero la pastilla sigue en mi lengua. Es amarga y me obliga a fruncir la cara. Quiero abrir la boca para coger mi vaso de agua, que está vacío.

—Abre la boca.

Doy vueltas a la pastilla en mi boca para meterla en el hueco entre mis dientes y mi mandíbula. Si me exige que levante la lengua, no verá la estúpida droga que me obliga a tomar.

Cuando no hago lo que me dice lo suficientemente rápido, me abre la boca de un tirón. Sus dedos exploran mis labios y mi boca con una mano mientras la otra mantiene mi mandíbula firme.

Una inspección visual no es suficiente para él. Intento morder, pero me agarra la lengua.

¡Cabrón!

Su dedo índice pasa entre mis encías, descubriendo la píldora.

—¡Moreno! —Dante grita por su segundo.

Estoy jodida.

Moreno se apresura a entrar en mi habitación. ¿Habrá percibido la urgencia en el tono de Dante?

—No está tomando su medicina —dice Dante. La píldora húmeda y pegajosa que ha empezado a disolverse está entre sus dedos.

—No me gustan las pastillas. —Es mentira, pero estoy dispuesta a intentar cualquier cosa para que los dos matones se retiren.

Mi mentira no funciona.

—¿Quieres sujetarla o lo hago yo, jefe? —pregunta Moreno.

Dante se sube a la cama y me empuja hacia la espalda. Toma el mando. Es contundente y no es nada amable o gentil con sus movimientos bruscos.

Sus caderas me inmovilizan y trato de ignorar el hecho de que su entrepierna está acurrucada contra mi núcleo caliente.

Me agarra de los brazos y me inmoviliza, con las dos manos por encima de la cabeza.

No hay ninguna razón para que me sujete, aparte del hecho de que puede hacerlo. Me está mostrando que está al mando. Podría haber dejado caer la píldora en un vaso de agua y obligarme a tragarla.

Quiere que vea que él tiene el control.

Moreno me mantiene la mandíbula abierta y Dante, con su único dedo, me introduce la pastilla en la boca.

Arqueo la espalda luchando contra él, sin querer tomar su estúpida droga.

Con su cuerpo apretado contra el mío, lo único que siento es su calor y huelo su salvaje aroma. Es un animal y yo soy su juguete para jugar y hacer lo que le plazca.

Me echa el cuello hacia atrás para que sea más fácil tragar y me obliga a tragar la píldora húmeda y disuelta antes de que pueda escupirla.

Toso y tengo arcadas. El sabor es agrio y se funde en la parte posterior de mi garganta, quemando en su camino hacia abajo mientras trago para deshacerme de la amargura y la sensación de hormigueo.

Dante se quita de encima de mí y se levanta, sacudiendo la cabeza.

—Iba a dejarte fuera, en el jardín. Tendrás que ganarte tu libertad.

—¿Libertad? —Me siento y empujo mis piernas sobre el lado de la cama—. Salir al exterior con guardias vigilando cada uno de mis movimientos y encerrada dentro de tu valla, no es libertad.

Aprieta los labios, pero no responde.

¿Por qué creo que lo haría?

Moreno se dirige en silencio al baño con mi vaso de agua vacío y lo rellena. Lo devuelve a la mesilla de noche antes de dar un paso atrás y retirarse al pasillo.

Hace bien en irse.

Al menos puede hacerlo. Yo estoy atrapada en mi torre como una princesa y él es el villano.

Dante se acerca, invadiendo mi espacio personal. Me atrapa contra la cama, pero esta vez está de pie, no me inmoviliza. Mi cuerpo reacciona a su presencia. Otra vez.

No quiero sentir la electricidad que chisporrotea entre nosotros. Si fuera por mí, no sentiría nada.

—No tienes ni idea de todo lo que he hecho por ti —arremete.

Y sin poderlo evitar, mi mirada se dirige a sus labios y luego a su cuello. Su camisa de vestir negra está desabrochada lo suficiente como para dejar ver su pecho y no puedo evitar mirar.

Mentalmente, lo estoy desnudando.

No debería hacerlo.

Está fuera de los límites, son malas noticias.

Y tengo que concentrarme en sacar mi culo de esta prisión.

Pero todo lo que quiero es que me bese.

Que me adore.

Que me ordene.

Y que me recuerde que soy suya y solo suya. ¿Es eso pedir demasiado?

Su dedo levanta mi mandíbula para mirar su oscura mirada. La ira ha desaparecido y Dante se inclina, rozando sus labios con los míos.

Su beso es áspero.

Su tacto es enérgico cuando me empuja hacia el colchón, sentándose a horcajadas sobre mis caderas.

Hace unos minutos, estábamos en esta misma posición y mientras él me había dominado y enfadado, ahora solo siento calor y calma.

Sus besos tienen el poder de ponerme de rodillas. Su autoridad me asusta. No por lo que es o lo que hace, sino por lo que me hace sentir. Debería odiar a Dante. Quiero odiarlo.

También quiero que me folle.

¿Qué me pasa?

Sus labios recorren mi cuello y sus dedos son rápidos y ásperos cuando me levanta la camisa y libera el botón de mis pantalones.

La puerta del dormitorio está abierta de par en par, pero a Dante no parece importarle. ¿Quizá le gusta saber que puede reclamarme delante de sus hombres?

La idea hace que un escalofrío de excitación recorra mi cuerpo.

Ya estoy mojada.

—Debería castigarte —me dice al oído. Me da la vuelta y me baja los vaqueros por las nalgas.

—Castigarme, ¿cómo? —Casi me da miedo preguntar. Ya me ha obligado a tragarme esa estúpida píldora.

—Ponte en cuatro patas —ordena y levanta mis caderas.

Hago lo que me dice. La cremallera de sus pantalones se desliza hacia abajo y miro por encima del hombro. Quiero verlo.

Su polla está reluciente y dura. Acaricia su grueso miembro y empuja mi cabeza hacia delante, inclinándola hacia abajo mientras empuja con fuerza dentro de mi estrechez.

Un gemido se escapa de mis labios.

No me duele. Me llena y me hace sentir llena mientras estira mi interior para acomodarlo. Cada empuje es lento y prolongado.

Es pura tortura.

—Más fuerte —susurro, necesitando más y queriendo que vaya más rápido.

No me escucha. Cada golpe es lento y deliciosamente doloroso.

Mis entrañas laten y palpitan alrededor de su gruesa polla.

—Por favor —le pido. Mis manos se cierran en un puño mientras las sábanas son todo lo que puedo agarrar.

Dante me empuja la cabeza contra la cama mientras me folla. Finalmente, dándome lo que quiero. El ritmo se acelera y mi corazón golpea contra mi caja torácica.

Mis entrañas se aprietan.

—¡Aún no! —ordena—. No te atrevas a correrte todavía.

—Joder —murmuro en voz baja. Ya estoy muy cerca y él me está provocando sin parar.

Se retira justo cuando llego al límite.

Jadeo y siento que me roba la respiración.

—¿Qué coño ha sido eso? —Estoy jadeando, desesperada por respirar y él me pone de espaldas.

Una sonrisa tortuosa cruza sus rasgos y un brillo oscuro en sus ojos.

—Eres mía —gruñe y me levanta las piernas hasta los hombros mientras me penetra.

Es duro y áspero y mis entrañas vuelven a palpitar.

—Por favor —le ruego, sin querer que se aleje de mí otra vez. Me siento al borde del olvido, apretando e intentando que el momento dure.

—Dime que eres toda mía y podrás correrte.

Gimo mientras la persistente sensación de calor se convierte en chispas como el primer chisporroteo de los fuegos artificiales antes de ser lanzados por el cielo—. Dante —le suplico.

Sus movimientos son lentos.

Estoy delirando.

Me está matando.

—Soy tuya. Toda tuya. —Puede hacer lo que le plazca conmigo aquí mismo. Ahora mismo.

—Buena chica. —Sus empujones se aceleran y golpean contra mí mientras se adentra en mi calor.

Estoy al borde, sin pretender acallar el inminente orgasmo que me recorre el cuerpo como un fuego que arde con intensidad mientras él me penetra.

Uno.

Dos.

Tres golpes más y se derrama dentro de mi calor mientras mis entrañas palpitan y se aprietan, tirando de él con más fuerza, más cerca.

Lo único que oigo es mi corazón y nuestras respiraciones agitadas cuando se retira y se tumba en la cama a mi lado.

CAPÍTULO TREINTA Y UNO

DANTE

Quiero gritarle a Nicole; la ira fluye a través de mí y arde como un infierno.

¿Qué demonios le pasa?

¿Por qué finge tomar su medicina? Después de todo lo que he hecho para protegerla, ella sigue creyendo que yo soy el monstruo.

Eso no quiere decir que sea un santo.

No lo soy. He matado a hombres.

Pero incluso yo tengo una línea que no cruzaría y es la de herir a una mujer inocente, especialmente a una que está embarazada de mi hijo.

¿No se da cuenta de que no tengo intención de hacerle daño? La mantengo aquí para protegerla.

Su padre estaba dispuesto a envenenarla, torturarla y venderla para casarse con cualquier hombre por el precio adecuado.

Hay un bebé creciendo dentro de ella.

Mi bebé.

Me pongo de lado y apoyo mi mano sobre su abdomen. Apenas se le nota, pero tampoco ha comido mucho desde que llegó.

Tengo que hacerlo mejor.

Si eso significa obligarla a comer, que así sea. Lo que sea necesario para asegurarme de que mi hijo o hija esté sano. Aunque Nikki me odie por ello, ¿qué otra opción hay?

Un pesado silencio se apodera de la habitación antes de que finalmente me levante del colchón y me ponga la ropa. Mis hombres no necesitan ver mi culo desnudo ni nada más, aunque hayamos dejado la puerta abierta de par en par.

Bien.

Que sepan que es mía.

Está prohibido para cualquier hombre que la mire.

Lo mataré.

Mis hombres saben que no deben traicionarme. Pero eso no me impide reclamarla con la puerta abierta para que cualquiera de ellos sea testigo.

—Vístete —le ordeno.

Nikki no se mueve de la cama. Su pelo se abre en abanico sobre las sábanas blancas y sedosas. Parece un ángel.

Es cualquier cosa menos un ángel. Su padre es Gino DeLuca. Y, sin embargo, la dejé entrar en mi casa. La protegí. La he destrozado.

El aprecio que recibo es nulo.

Nulo.

Nada.

—¡Levántate! —Estoy cansado de que me ignore. Soy el maldito rey de este castillo y de la familia. Ella me escuchará. Me obedecerá. Y hará lo que yo le ordene.

Se le corta la respiración y se levanta de la cama, llevándose las sábanas. Como si no acabara de ver y marcar cada gramo de su carne desnuda.

¿Desde cuándo es tímida?

¿Es un acto? La veo apresurarse a recoger su ropa y entrar rápidamente en el baño.

Todavía no hay puerta y puedo ver cada centímetro de su cuerpo, pero finjo que no me importa. Como si su desnudez no significara nada para mí, cuando todo lo que quiero hacer es tirarla de nuevo a la cama y follarla otra vez.

Una mirada a ella y se me pone dura.

Espero junto a la puerta abierta del dormitorio y me muevo sobre mis pies. Es una distracción imposible. Nikki hará que me maten si no tengo cuidado.

Pero sé que vale la pena.

Ella vale la pena.

Se ha puesto la camiseta que llevaba antes, pero es evidente que no lleva sujetador.

Cierro la boca, intentando no mirar.

Sus vaqueros se ajustan a sus curvas de todas las maneras posibles. Sale del cuarto de baño sin que parezca que acaba de follar.

¿Cómo demonios lo hace? Juega con mi corazón y mi polla.

—Estoy vestida —dice y señala la ropa que lleva puesta.

—Bien. Te voy a llevar fuera, al jardín.

Moreno tiene razón. Una mujer embarazada necesita sol y, sobre todo, vitamina D.

Su labio inferior se mueve entre los dientes y me sigue fuera del dormitorio. Dejo la puerta abierta. No tiene sentido cerrarla ni impedir el paso a nadie más.

Mi mano se posa en la parte baja de su espalda, encontrando el lugar perfecto para sentarse mientras la conduzco por la escalera y la cocina.

Hay una puerta trasera, una entrada que lleva directamente al jardín. Tiene una pequeña valla, que se podría escalar fácilmente, pero hay una puerta más alta justo fuera, con guardias en el poste y a lo largo de la línea de propiedad.

Ella no va a ninguna parte, incluso si intenta correr.

—Pensé que te vendría bien un poco de sol —digo, mientras abro la puerta y la dejo salir primero.

—¿Me estás diciendo que estoy pastosa?

Se muestra tímida al principio, con un pie y luego con el otro cuando sale a los adoquines.

¿Es incredulidad?

La sigo fuera y cierro la puerta tras nosotros. No tiene sentido dejar el aire acondicionado fuera.

Sus hombros caen y su cabeza se echa hacia atrás, con los ojos cerrados, disfrutando del calor del sol que brilla en lo alto. El cielo es azul y no hay ni una sola nube en el horizonte.

La rodeo y me dirijo al banco de madera para sentarme. Hay flores que crecen a lo largo de la valla para decorar, pero la mayor parte del interior del jardín tiene verduras y hierbas para cocinar y preparar comidas.

Me siento en el banco y la estudio. La comisura de sus labios se curva en una leve sonrisa. Parece dichosa, casi feliz.

Mi intención nunca fue mantenerla aquí, encerrada en mi casa; pero está embarazada de mi hijo. ¿Qué otra opción hay?

Después de varios minutos, viene a sentarse a mi lado en el banco. Sus dedos están metidos en el borde de la madera, agarrando el asiento.

—Gracias —susurra.

—Me gustaría pensar que puedo confiar en ti, Nicole.

Se estremece y no puedo decir si es involuntario o si tiene frío. El sol se siente cálido, pero también tengo una camisa de botones y estoy vestida para el día, para los negocios.

—Por favor, llámame Nikki. Solo papá me llama Nicole —su voz es distante, sus ojos se fijan en las flores. O tal vez sea la pequeña valla a varios metros de distancia en el borde del jardín.

Hay algo en la forma en que dice Nicole, la forma en que su nariz se frunce y su labio inferior sobresale que insinúa que no le gusta.

—Nikki, me gustaría confiar en ti. Estamos

inevitablemente unidos a partir de ahora, con ese bebé que crece dentro de ti. Mi bebé —le digo.

Le rozo un mechón de sus rizos oscuros detrás de la oreja.

—Un bebé no debería crecer sin dos padres. Y tu padre. Con su bendición nos casamos.

CAPÍTULO TREINTA Y DOS

NICOLE

—¿Qué? —juro que se me salen los ojos de las órbitas y salto de mi asiento en el banco del jardín.

¿De verdad que me ha pedido matrimonio?

—Ha sido la peor proposición de la historia de las proposiciones —digo.

¿Y desde cuándo ha hablado con papá para casarse conmigo? ¿Sabe que estoy embarazada?

—Bueno, no planeé exactamente nada de esto, por si no te has dado cuenta. —Dante se apresura a responder.

Cruzo los brazos sobre el pecho.

—No quieres casarte conmigo. —Hay una docena de razones por las que puedo pensar que esto es una idea terrible. ¿Quiere que las enumere?

—No quiero que mi hijo no conozca a su padre y, estoy bastante segura de que a la primera oportunidad que tengas, te vas a separar.

Me río en voz baja. ¿Cree que un anillo va a cambiar eso o un montón de votos y un trozo de papel?

—No. No me casaré contigo. Nunca me casaré contigo. —Está loco si cree que quiero estar aquí, con él, para siempre—. En caso de que lo hayas olvidado, soy tu prisionera, Dante.

Su mandíbula está tensa y sus labios están en una línea firme mientras me mira fijamente—. Se te trata como a una princesa. No como una prisionera. ¿Quieres ver mi sótano donde retengo a los hombres que me roban?

Se me seca la boca.

—¿De eso se trata? Tu estúpida camioneta que robé... —No puedo creer que no haya dejado pasar eso. No sabía quién era o no me habría arriesgado a cabrearle.

—No, es sobre el hecho de que te compré a tu padre.

¿Le he oído bien?

—¿Qué? —pregunto.

No.

No pude escuchar lo que dijo. O, mejor dicho, no lo dijo como lo dijo.

Sacudiendo la cabeza, doy un paso atrás y el borde de mis pies topa contra los tablones de madera que contienen las verduras detrás de mí.

—Estás mintiendo. —Sea cual sea su intención, no le creo. No puedo creerle. Porque, de lo contrario, significaría lo peor que se puede imaginar: que mi padre está detrás de mi secuestro.

Eso no puede ser cierto.

Papá no me habría secuestrado, raptado, humillado y vendido.

—No —digo, sacudiendo la cabeza con consternación.

Es la única palabra que puedo decir. La única palabra que repito una y otra vez porque no quiero creerlo.

No puedo creerlo.

—Le juré que no te lo diría —arremete Dante. Se pone de pie y camina sobre los adoquines, con los pies pisando fuerte sobre los ladrillos, con cada golpe seco y pesado debido a su peso y a la ira que desprende.

—No puedo, Dante, es que no puedo... —digo y corro hacia la puerta de la cocina.

No puedo escuchar sus excusas.

No quiero escucharlo, no quiero creerlo. Nada de eso puede ser cierto porque, si lo es, ya no sé dónde encajo en este mundo.

Él no me persigue.

O si lo hace, soy más rápida que él y no le oigo seguirme.

Me apresuro a atravesar la cocina y luego el pasillo hasta el vestíbulo. Cojo un par de zapatos que han dejado junto a la puerta. Son dos tallas más grandes, pero no me importa. Me pongo los brillantes zapatos negros de hombre y salgo corriendo.

Uno de los guardias me dice algo, pero no le oigo.

Todo está borroso, es un torbellino mientras corro hacia la puerta.

Mis pies crujen sobre la grava y luego sobre la hierba. Las puertas metálicas de hierro son altas y puntiagudas, peligrosas de escalar.

—Por favor —ruego, mientras corro hacia la entrada cerrada.

¿Qué me hace pensar que me dejarán ir?

¿Por qué iba a pensar que me darían la libertad?

El guardia de la puerta coge el teléfono mientras me acerco.

—Sí, señor —dice el guardia y pulsa el timbre para desbloquear la puerta.

Se abre lentamente, pero no me importa. Me escabullo después de que se ensanche unos centímetros, lo suficiente para dejarme libre. No puedo arriesgarme a que recapacite y me arrastre de vuelta.

CAPÍTULO TREINTA Y TRES

DANTE

—Abre la puerta —le digo al guardia que está en el puesto.

Desde la ventana delantera, veo salir a Nikki. Se escabulle entre el hierro forjado y corre.

¿Hasta dónde llegará?

¿Adónde irá? ¿Volverá con su padre que la envenenó?

Moreno se acerca a mí y juro que lleva una sonrisa de satisfacción detrás de su fachada.

—No digas nada —le advierto. No estoy de humor para aguantar sus gilipolleces ni las de nadie hoy.

—Podemos ir a la discoteca y encontrar una chica guapa para olvidarte de ella —sugiere.

Resoplo en voz baja—. Eso es lo que me ha metido en este maldito lío.

Él estaba allí. Moreno debería recordar la noche en que conocí a Nikki. Aunque hizo un trabajo decente al fingir que no se dio cuenta de que Nikki y yo follábamos en mi club.

—Quiero un par de ojos sobre ella en todo momento —digo—. Es por su propia protección.

Moreno no cuestiona mis motivos. Sabe que no es así y asiente con fuerza—. En ello. ¿Quieres que envíe a uno de nuestros soldados?

—Quiero que lo hagas tú —digo y, con fuertes pisadas, entro en mi despacho.

La cabeza me da vueltas y estoy a punto de vomitar.

¿Por qué demonios la dejé ir? ¿En qué estaba pensando?

Me desabrocho los dos primeros botones de la camisa de vestir. El sudor me recorre la frente y la camisa me asfixiante.

Demonios, esta habitación es asfixiante.

—Jefe, me reconocerá.

No se equivoca. Nikki ha pasado suficiente tiempo alrededor de Moreno para saber que lo envié a seguirla.

—Bien. —No voy a ocultar el hecho de que la estamos vigilando. Se fue con mi hijo creciendo dentro de ella.

Exhala un fuerte suspiro.

—Sabes que haría cualquier cosa que me pidieras, jefe. Solo quiero dejar constancia de que esto es una mala idea.

En mi despacho, sobre el largo mueble de madera contra la pared, hay una jarra con whisky. Le doy la vuelta a un vaso y sirvo el líquido ámbar.

—Tomo nota. —No me importa lo que piense. Tal vez debería. Es la única persona en la que confío para que sea honesta conmigo, descaradamente. Pero, al fin y al cabo, soy yo quien pone las reglas y las hace cumplir.

Hago girar el líquido alrededor del borde del vaso antes de beberlo de un solo trago. El ardor al deslizarse por mi garganta es la única satisfacción que obtengo hoy.

—¿A qué esperas? —disparo por encima del hombro, sin ni siquiera girarme para mirarle.

—Sí. Informaré sobre su paradero —dice y sale corriendo del despacho.

¿Robará otro vehículo en su intento de escapar?

Me paso una mano por el pelo antes de servirme un segundo vaso de whisky: las punzadas de ira me desgarran las entrañas.

¿Por qué la dejé ir?

Dejo caer el trago y tiro el vaso al otro lado de la habitación. Se rompe al chocar contra la pared y cae al suelo en pequeños fragmentos.

Con él, mi corazón se hace añicos.

Nikki se ha ido.

La derrota me aplasta, pero no me retiene.

La traeré de vuelta, aunque sea pateando y gritando.

CAPÍTULO TREINTA Y CUATRO

NICOLE

Se siente surrealista, escapar.

Excepto, ¿es un escape cuando tu captor abre la puerta y te deja ir?

¿Por qué me dejó ir? ¿Se dio cuenta de que yo no era suya y nunca lo sería? ¿Qué quiso decir con que me compró a mi padre?

No, era un truco. Tenía que ser una táctica de manipulación utilizada para infundir miedo y desconfianza.

Bueno, estoy segura de que no confío en Dante.

Todavía no estoy seguro de por qué me dejó ir. Tal vez fue un momento de debilidad. De cualquier manera, no importa.

Me apresuro por el camino que atraviesa el bosque y atraviesa la ladera de la montaña, en dirección al pueblo. Sigo el sendero y mantengo un ritmo constante.

De vez en cuando, miro por encima del hombro. Oigo ruidos a lo lejos, el crujir de árboles y ramas. No sé si es alguien que me sigue o el viento.

Probablemente sea uno de los matones de Dante.

Hago una mueca mientras me apresuro a cruzar la orilla del río. Mis zapatos, demasiado grandes, están ahora inundados de agua.

Qué bien. No puedo quitármelos sin rasparme las plantas de los pies, pero cada paso se hace más ruidoso a medida que mis pies chapotean. A lo lejos, veo una cabaña de madera y un cartel de madera que se balancea con el viento: Lumberjack Shack.

———

Tomo asiento en el mostrador y atiendo mi vaso de agua.

—¿Puedo ofrecerle algo de comer? —me pregunta el caballero que está detrás del mostrador.

No tengo dinero. Aunque imagino que, si llamo a papá, vendrá a sacarme del apuro y a pagar la comida que consuma. La verdad es que no tengo hambre.

La lucha o la huida se ha puesto en marcha cuando he corrido.

—¿Tienes un teléfono que pueda usar? —pregunto.

Los ojos del hombre se entrecierran un poco. Es alto, con hombros anchos y una barba espesa y tupida. Si tuviera que adivinar, es el dueño del lugar.

—¿Se te ha estropeado el coche? —pregunta—. Puedo hacer que uno de mis amigos lo remolque.

Doy un sorbo a mi agua y mi boca sigue estando seca. Siento los labios como el desierto.

—No, solo estoy en un pequeño aprieto. —No quiero dar más detalles.

La confianza es un tema delicado ahora mismo y, aunque es guapo y agradable a la vista, veo el anillo de boda en su mano.

Lástima que esté fuera de los límites.

También estoy embarazada.

Probablemente son las hormonas que recorren mi cuerpo y me hacen querer follar con cualquier hombre con pulso.

Bueno, eso no es exactamente cierto. No quiero follar con Dante. Al menos no de nuevo.

Vale, quizá no ahora mismo.

—Lo tengo —sonríe cálidamente y saca su teléfono móvil del bolsillo—. Me llamo Lincoln, por cierto. Llámame cuando hayas terminado. —Desbloquea su móvil y me lo entrega.

—Gracias.

Le veo pasear por el restaurante. En la cabina de la esquina hay una mujer de unos veinte años, tal vez treinta y pocos. Se me da fatal adivinar la edad, pero es guapa y me resulta extrañamente familiar.

No sé por qué. No debería conocer a nadie de esta ciudad.

Sin embargo, siento que la conozco.

La he visto antes.

No la reconozco del recinto donde estuve prisionero. Al menos, no creo que estuviera allí.

Sonríe y se ríe de Lincoln. La chica es hermosa, preciosa y, probablemente haya ganado concursos de belleza y podría haber sido modelo.

A su lado hay dos pequeños.

No, ella no estaba en el recinto.

Me mira y me sonríe cálidamente. Siento que me han pillado mirando y desvío la mirada. Marco el móvil de papá y espero a que lo coja.

—Lincoln, ¿qué demonios quieres? —la voz de papá retumba en el teléfono.

¿Cómo conoce a Lincoln?

—Papá, soy yo, Nicole —digo. Cuando uso el nombre que él prefiere, un escalofrío me recorre, el único nombre por el que me llama.

—Nicole, querida. ¿Dónde estás? ¿Por qué estás en compañía de un baboso como Lincoln? ¿Es con quien conversa Dante?

Me froto la frente, frustrada porque papá no se toma dos segundos para preocuparse por mí como para siquiera preguntar cómo he estado. ¿Acaso pensaba venir a rescatarme o dejarme pudrir y morir con Dante?

—Papá, necesito que envíes un coche a recogerme. Estoy en Lumberjack Shack.

Él resopla.

—Por supuesto, querida. Enviaré a Vance pronto. ¿Por qué demonios está mi princesa con hombres así? Esos hombres con los que Dante se prostituye son peligrosos, Nicole. No confíes en ellos.

Antes de que pueda decir algo más, la línea se corta. Papá termina la llamada sin siquiera despedirse.

Suspiro y me bajo del taburete, caminando con los zapatos mojados hacia Lincoln y, supongo, su familia.

—¿Está todo bien? ¿Has localizado a quien necesitabas? —pregunta Lincoln.

—Sí, gracias —digo y le entrego su teléfono.

La mujer sonríe a Lincoln y le entrega la niña a, de nuevo, supongo, su marido. Sale de la cabina y me guía suavemente por el brazo mientras me aleja.

—¿Estás bien? —me pregunta. Su voz es suave y gentil, amistosa. Su sonrisa parece genuina y sus ojos brillan con algo que no reconozco. ¿Preocupación? ¿Inquietud? No sé si alguna vez he reconocido esa expresión sin que estuviera grabada en el miedo.

Mira mis zapatos empapados. No son míos, sobre todo teniendo en cuenta mi vestimenta.

—¿Necesitas ayuda? —me ofrece—. Soy Harper.

Hago caso a la advertencia de papá. Esta gente no es de fiar.

—Estoy bien. Tu marido me ha prestado su teléfono. Mi familia vendrá pronto a recogerme —señalo hacia la puerta—. Puedo esperar fuera.

Tal vez sería mejor que esperara fuera y pusiera algo de distancia entre esta gente. Parecen amables, pero las apariencias engañan. Lo aprendí por las malas con Dante.

Él trastocó algo en mí.

No es que me preocupe que Lincoln o Harper hagan lo mismo. Parecen felices, agradables y, tal vez en otra vida, podríamos haber sido amigos.

Pero no en esta vida.

Y ciertamente no hoy.

La puerta del restaurante chirría y se abre. Giro sobre mis talones y mis pies tropiezan. Harper me agarra el codo y la cadera para evitar que me caiga al suelo.

Quiero murmurar un agradecimiento, pero ni siquiera me salen esas palabras cuando miro fijamente al hombre que entra en la cafetería.

¿Qué demonios hace Moreno aquí?

Me encojo de hombros para librarme del agarre de la mujer.

—Deberías irte —susurro. No estoy segura de si se lo digo a Harper o a Moreno. Las palabras llenan el aire y ella da un paso atrás y se apresura hacia donde estaba sentada antes.

—¿Qué demonios haces aquí, Moreno? —Lincoln le devuelve rápidamente la niña a Harper y se dirige hacia la puerta para enfrentarse a él.

Me deja sin palabras el hecho de que se conozcan y que no parezcan estar en los mejores términos. Creía que solo había dos familias mafiosas enfrentadas en Breckenridge. Lincoln no es parte de la familia DeLuca y tampoco parece estar en buenos términos con los Riccis.

—Solo vengo por la comida.

—¡Y una mierda! —Lincoln señala hacia la puerta —. No eres bienvenido. Me he pasado meses remodelando el local por culpa de hombres como tú —arremete.

Moreno esboza una sonrisa de lado—. Puede ser, pero no fueron mis hombres los que destrozaron tu negocio. Esos cabrones no trabajan para mi jefe y, yo no trabajo para ti. Tengo órdenes y las cumplo.

Sus ojos se quedan en mí y la mirada de Lincoln le sigue rápidamente.

—Oh, por el amor de Dios. —Lanza las manos al aire—. ¿Es una de las tuyas? —Sus mejillas se enrojecen.

—No soy de nadie —digo, pero no es que ninguno de ellos me oiga. Es como si fuera invisible.

CAPÍTULO TREINTA Y CINCO

DANTE

—¿Cómo que la has perdido? —Me aferro al móvil mientras camino por el pasillo de mi despacho.

Parece que no puedo quedarme quieto el tiempo suficiente para hacer cualquier trabajo. Llevo así desde que la dejé marchar.

—Vance la recogió. Supongo que ha llamado a su querido papá —dice Moreno.

Es todo lo que necesito oír. Mis pies golpean el suelo y abro de golpe la puerta de mi despacho. Pulso el interruptor de la luz y mis ojos se entrecierran por las brillantes y cegadoras luces halógenas del techo. Debería cambiarlas.

Me dejo caer en la silla detrás de mi escritorio y saco la tableta que está conectada a la videovigilancia de la casa de DeLuca.

Me inclino hacia atrás en la silla, con una mano aferrada a la tableta y la otra a mi teléfono.

—Bueno, todavía no está en casa.

Hojeo media docena de pantallas con múltiples ángulos y puntos de vista dentro y fuera de la propiedad de Gino. Debería tener una vista decente de su llegada, si es que Vance la lleva allí.

Se me forma un pozo en el estómago.

¿Y si la envían de vuelta al complejo y la aterrorizan de nuevo?

Pensar en cosas tan horribles solo me causa una preocupación innecesaria. Si no fuera por el hijo que lleva en su seno, no estoy seguro de que estuviera tan decidido a perseguirla.

¿Es esa la única razón por la que la quiero aquí, conmigo?

—Estoy siguiendo a Vance, pero parece que se dirigen de nuevo a Gino's —dice Moreno.

—Vuelve al recinto. No tiene sentido que los sigas más lejos. —Mantengo un ojo vigilante en la tableta, desplazándome entre las pantallas, por si acaso hay algo digno de investigar.

—Claro que sí, jefe.

Termino la llamada y el teléfono cae con un ruido sordo sobre mi escritorio. Me hace falta toda mi fuerza para no lanzarlo al otro lado de la habitación.

Me pican los dedos de rabia y ansiedad. Cierro las manos en un puño y exhalo con fuerza por la nariz.

La oficina está caliente.

Está sofocada.

Con las dos manos, agarro la tableta, mirando la pantalla y los múltiples ángulos de las cámaras desde diferentes lugares cercanos de la propiedad de DeLuca.

La única habitación que tiene un cable es el despacho de Gino, y está vacío.

Revoloteo por las imágenes de video, buscando cualquier cosa que pueda darme ventaja.

Gino está de pie en el porche, con los brazos cruzados sobre el pecho. Está esperando a que Nikki llegue a casa.

Veo otras dos cámaras y veo cómo se abre la puerta. Detrás, un todoterreno espera para entrar.

No puedo ver al conductor, y mucho menos a quién más está en el vehículo, pero supongo que es Nikki, y pronto lo sabré sin duda.

El todoterreno se detiene bruscamente en la entrada principal y la puerta del pasajero del vehículo se abre de golpe. El video parpadea, pero vuelve a aparecer con la misma rapidez con la que se ha estropeado.

Nikki sale del todoterreno y se sitúa frente a su padre. Él es más alto que ella y más aún si se encuentra en el escalón justo encima de ella.

Tiene los hombros caídos y la cabeza baja. No puedo leer sus labios y mucho menos verlos desde mi ángulo actual.

No hay abrazos. No hay saludos cariñosos por lo que puedo ver. El video es de primera calidad, pero no es perfecto. La luz del sol interfiere y su posición tampoco me da ninguna ventaja.

Gino señala la entrada de la puerta y, juraría que está pisando fuerte dentro.

Tal vez todo esté en mi cabeza y me imagino la socarronería que se desprende de ella.

Ojeo los videos y levanto la vista cuando oigo unos pasos que se acercan a mi despacho.

Moreno entra en mi despacho y cierra la puerta tras de sí.

Apenas establezco contacto visual con él.

—Es solo una chica. Hay muchas más por ahí —dice Moreno.

Me resisto a su sugerencia.

—Lleva a mi hijo. No debería haberla dejado ir. —Golpeo con el puño el escritorio de madera. La ira me hierve la sangre y corre por mis venas.

Lo último que necesito es parecer débil. Dejarla marchar fue un error, uno que tengo que arreglar.

La he cagado.

A lo grande.

Dejo caer la tableta sobre el escritorio y me pongo de pie.

—¿Cuál es el plan? —pregunta. Ya va un paso por delante. Llevamos tanto tiempo trabajando juntos que tiene la extraña habilidad de saber lo que estoy pensando—. ¿Irrumpimos en el complejo de los DeLuca y la secuestramos?

Cuando lo dice así, suena horrible, pero ella es mía, y ese bebé es mío. No puedo dejar que le pase nada al niño que lleva dentro.

—Su padre la envenenó —digo y lanzo las manos al aire—. Tal y como yo lo veo, estamos montando una misión de rescate.

Moreno esboza una sonrisa.

—Como quiera verlo, jefe. De repente somos los buenos —se ríe en voz baja.

Sí, una locura.

CAPÍTULO TREINTA Y SEIS

NICOLE

—Papá —salgo del todoterreno y me dirijo a la entrada.

Está de pie sobre mí en el último escalón, imponiéndose. Tiene los brazos cruzados sobre su amplio pecho y no parece alegrarse lo más mínimo de verme.

¿Por qué?

Sé que me fui enfadada y que técnicamente me escapé, pero parece que fue hace años. Me vio aquella noche cuando me secuestraron.

¿No le preocupaba que me obligaran a ir a casa con Dante?

—Eres una vergüenza para la familia —dice papá.

No me disculpo. Me muerdo la lengua para mantener mis labios sellados y mis pensamientos contenidos.

—¿Sabes los problemas que has causado? ¿Las horas de mano de obra para manejaros a ti y a tu drama? —me regaña.

¿Significa eso que, si hubiera aguantado un poco más en casa de Dante, papá habría acabado viniendo a por mí?

La reprimenda continúa.

—Espero que mientras estés bajo mi techo, cumplas mis reglas, Nicole. Primero, subirás a tu habitación y te pondrás guapa. Aunque creas que te has librado de un matrimonio, puedo dar fe de que te casarás.

—¿Qué? —No puedo callar más—. ¡Papá, no! —¿Has perdido la cabeza?

Señala hacia la puerta.

—Adentro y arriba. Ahora. —Su voz me produce un escalofrío involuntario.

Prácticamente me meto en la casa, mis zapatos golpean el suelo mientras subo las escaleras hasta mi dormitorio.

Cierro de golpe la puerta del dormitorio y siento que la casa vibra.

Es como si volviera a tener doce años y me castigaran por escaparme. Me quito los zapatos que son de Dante o de uno de sus hombres. No estoy segura y me importa un bledo.

Después acabarán en la basura.

Me siento en el borde de la cama y me dejo caer sobre el colchón, con las piernas colgando por el lateral.

Venir aquí fue un error.

Me duele el corazón y tengo el estómago hecho un manojo de nudos, pero no hay lágrimas, solo años de rabia enterrada en lo más profundo de mi ser, lista y dispuesta a salir.

No me muevo de mi posición en la cama. No estoy encerrada en mi habitación como lo estaba con

Dante, pero no hay ningún lugar al que pueda ir sin ser reprendida. Especialmente esta noche.

Se oye un fuerte golpe en la puerta del dormitorio.

—Entra —digo.

Papá no llamaría a la puerta. Entraría sin más.

Vance abre la puerta del dormitorio y entra en la habitación. Me mira por encima del hombro.

—Tu padre me ha pedido que te revise. —Levanta un dedo para esperar y cierra la puerta tras de sí.

No estoy para sus payasadas ni para sus juegos. Vance es el segundo al mando de papá. Es tan leal como se puede; prácticamente un perro que le sigue a todas partes con afán de agradar.

Me siento, dándole mi atención, pero eso es todo lo que consigue.

—No me voy a casar con nadie.

No me emociona lo más mínimo estar de vuelta.

Esto fue obra mía. Tuve la oportunidad de huir y empezar de nuevo, y debería haberla aprovechado.

—Deberías ducharte y vestirte. Vendrá a cenar y, nunca se sabe, puede que te guste —dice.

Es bueno con la gente y sabe cómo ganarse el corazón de muchas damas. Pero no puede convencerme de que juegue en su cancha.

—Tengo una idea. ¿Por qué no vas en mi lugar? —bromeo.

—Las bromas no son tu estilo —responde.

Me encojo ligeramente de hombros y estiro los brazos.

—No voy a ir a cenar con un tipo que papá me propone. —No hay ninguna posibilidad de que me convenza. Además, no tengo hambre. Hace tiempo que no tengo.

La idea de comer y de tener que hacer de las suyas con un desconocido me pone nerviosa y me revuelve el estómago.

O tal vez sea el embarazo o esa estúpida fiebre que me dijo Dante que me había contagiado.

En cualquier caso, en cualquier momento voy a vomitar.

Salto de la cama y atravieso la habitación en dirección al cuarto de baño. Cierro la puerta de golpe, golpeo el ventilador y levanto la tapa.

Rezo para que Vance no me siga ni haga preguntas. Puede creer que es una intoxicación alimentaria o los nervios. Me importa una mierda lo que crea, pero no voy a entretener a uno de los clientes de papá.

—No puedes esconderte ahí para siempre —me grita Vance y golpea la puerta.

—Sí que puedo. Vete.

El silencio se prolonga durante varios minutos. Tal vez me escuche vomitar, o haya decidido darme un poco de espacio. Dudo que me dé tregua.

Volverá.

Termino en el baño y vuelvo a la cama a trompicones, tumbada sobre las sábanas recién hechas. Las sábanas están bien recogidas y tiro con fuerza del edredón para meterme debajo. No me importa que las cortinas estén abiertas y que sea media tarde.

Estoy agotada.

Me quedo dormida. No sé por cuánto tiempo, cuando oigo el pesado plomo de unos zapatos que suben las escaleras, bajan el pasillo y se dirigen a mi habitación.

Es lo suficientemente fuerte como para despertar a los muertos.

Joder.

Papá abre la puerta de un tirón y el pomo se rompe en su mano.

No hizo falta mucho, honestamente. Los tornillos estaban sueltos y la manija era barata y necesitaba ser reparada.

—No me importa si quieres acompañar a Romano a cenar o no. Le acompañarás y te vestirás adecuadamente. Si no puedes con eso, haré que Vance te bañe, te vista y te acompañe como carabina.

—¿No enviarás a Vance como mi chaperón?

La respuesta de papá es seca. No hay sonrisa ni brillo en sus ojos.

—No —dice.

Le he decepcionado. Es obvio, y no me importaría, excepto que si voy a quedarme aquí, entonces tengo que encontrar una manera de convencerlo de que me deje estar.

¿Le cuento lo del bebé? ¿Es mi boleto para escapar de su locura? Quiere casarme.

¿Por qué? ¿Por su imperio o por alguna otra razón que no puedo comprender?

Sus ideas siempre han sido anticuadas. Nunca pensé mucho en ello hasta que me fui a la universidad. Es una pena que haya vuelto a casa. Fue el mayor error de mi vida.

Después de volver aquí.

Y el bebé.

Bueno, vale, ya son tres.

No tomo buenas decisiones.

No es que me haya criado en una familia estable con una infancia normal. Mi padre estaba en la mafia, y aunque no era Don, escaló los rangos rápidamente. Eso no sucede siendo amable o empático.

Es un asesino.

No soy una idiota. Sé lo que ha hecho, pero eso no significa que tenga que enviarme y casarme con el mejor postor.

—¿No tienes nada que decir en tu favor, Nicole? — Está esperando una disculpa, o al menos una palabra de aceptación.

Quiere mi derrota.

Bueno, no lo conseguirá.

—No puedo casarme con Romano —digo. Sé exactamente lo que enojará a papá: decirle la verdad.

Prefiero que me eche a la calle. Que me eche, en lugar de obligarme a casarme con un desconocido.

Exhalando una respiración nerviosa, dejo que las palabras se liberen.

—Estoy embarazada.

No hay ningún indicio de emoción, y la ira que esperaba está bien escondida, si es que existe. Papá ha aprendido a canalizar sus emociones sobre todo en forma de ira.

También sé que está decepcionado conmigo.

Papá levanta una mano para indicar que ya ha oído suficiente.

—Dúchate, vístete y prepárate para que Romano te acompañe a cenar.

—¿Vamos a salir? —pregunto. Si papá me deja salir con Romano, entonces hay una posibilidad de escapar a pie. O robar otro vehículo. Esta vez, sin embargo, no me atraparán.

Sus ojos se tensan mientras me observa.

—¿Que me vaya? No, no se puede confiar en ti fuera de estas cuatro paredes hasta que te cases.

Me roba el aire de los pulmones.

—¿Qué? —No puede hablar en serio. No me tendría como prisionera, ¿verdad?

—Estoy cansado de tus travesuras infantiles, Nicole. Te casarás con Romano.

Desearía que mamá estuviera todavía por aquí. Era la única persona que podía enfrentarse a él, aunque tampoco había sido especialmente amable con ella.

—¿Me voy a casar con él, aunque no lo ame?

—El amor es una noción creada por hombres con bolsillos profundos.

Me acerco a la ventana, mi único santuario mientras estoy encerrada. Miro fijamente el jardín en medio del recinto. Aunque pudiera liberarme, abrir la ventana y bajar, no hay ningún lugar por donde huir.

—No puedo casarme con Romano. Estoy enamorada de Dante y voy a tener un hijo suyo —digo. Mi mano cae sobre mi abdomen. Apenas se me nota y la ropa que llevo me queda lo suficientemente holgada como para que nadie lo note.

Papá entra furioso en el dormitorio y me arrincona en la ventana.

—¿Quieres un hijo sin padre? Un hijo o hija que crezca sin un modelo a seguir. Eso es lo que me pides, Nicole, que te deje vivir en un mundo de fantasía en el que crías a un niño tú sola.

¿Dante querría criar al bebé conmigo? No es algo que hayamos discutido.

—No estaría sola. Tendría a Dante.

He perdido la cabeza.

Esa es la única razón por la que podría estar diciendo cosas tan locas a papá. Es más fácil creer que Dante querría casarse conmigo que aceptar la dura realidad de casarse con Romano.

—¿Entonces por qué dejaste a Dante? Ibas a casarte con él y te escapaste. Lo mismo que haces siempre, Nicole. No sabes lo que quieres. Eres prácticamente una niña —dice y me mira fijamente. Me da unas palmaditas en la cabeza como se haría con un niño pequeño.

Se me revuelve el estómago.

Le quito el brazo.

Me está menospreciando, rebajando y lo odio.

Lo odio.

La ira me invade, nublando mi mente. ¿Qué ha dicho sobre casarse con Dante? ¿Cómo que iba a casarme con él?

Me alegro de estar sentada al borde del blanco e inmaculado alféizar de la ventana. La vista del jardín de abajo es ligeramente tranquilizadora cuando desvío la mirada de papá. Necesito espacio, pero él no me lo da. Estar en su presencia es asfixiante.

Así es como me sentía con Dante, pero diferente.

No puedo explicarlo.

Dante puede tenerme encerrada en su torre, pero parecía preocuparse de verdad por mí. Pero también me había secuestrado y obligado a vivir con él.

Mis dedos se enredan en mi pelo.

Juro que necesito ayuda profesional, pero ¿con quién podría hablar? Mi padre y el padre de mi hijo son mafiosos. Nuestras vidas y todo lo que presenciamos se juran en secreto.

La terapia no es una excepción.

—Esta conversación ha terminado —dice papá.

Bien.

Yo también estoy cansado de tratar con él.

¿Significa eso que he ganado?

—Tienes una hora para prepararte antes de que llegue Romano.

Tendré que hacer que no me quiera. ¿Qué tan difícil puede ser eso? En el peor de los casos, le digo a Romano que estoy embarazada. Eso debería asustarlo.

CAPÍTULO TREINTA Y SIETE

DANTE

—Hay un camión entrando en el recinto —dice Sawyer por el auricular. Es uno de mis capos.

He traído a casi todos mis hombres y he dejado solo unos pocos soldados para vigilar nuestro fuerte.

—¿Alguna señal de quién o qué está dentro? —pregunto.

No es un secreto que Gino está involucrado en tratos de armas, chicas y drogas. Dos de las tres cosas no me preocupan, pero las mujeres, incluidos los niños, no.

Tengo algo de moral.

—Un tipo con traje acaba de aparcar y está saliendo de su camión. No lo reconozco —dice Moreno. Está encorvado a mi lado con unos prismáticos, observando la escena.

Le tiendo la mano. Quiero ver a ese imbécil que trabaja para Gino.

No lo reconozco. Le devuelvo los prismáticos a Moreno y miro la tableta que he traído. Estamos conectados al Wi-Fi a través de las torres de telefonía, así que tenemos una señal decente, y puedo echar un ojo a su vigilancia y asegurarme de que no viene nadie de improviso.

—Jefe. —La voz de Sawyer cruza por el auricular. La señal de audio tiene problemas, pero el video sigue siendo impecable.

Le tiendo un dedo a Moreno para que espere y entonces la línea vuelve, clara como el cristal.

—No te vas a creer esto. El trajeado trajo flores, un ramo de rosas, al recinto. ¿Quién carajo le trae flores al don?

—No es para Gino —afirmo, con la boca seca—. Sea quien sea, está aquí por Nikki.

Dudo que haya un séquito de mujeres recibiendo flores en el complejo DeLuca. Puede que haya varias damas cautivas, pero nadie las corteja.

Un tipo solo compra flores para una chica cuando está tratando de tirársela o en la perrera y disculpándose.

Me alegro de no haber perdido ni un minuto más en casa.

¿Soy impulsivo? Probablemente, pero me importa una mierda.

Nikki es mía.

Nadie más se va a acercar a Nikki o a mi bebé.

Ciertamente no un traje con rosas.

Al diablo con eso. No puedo hacer más encuestas.

—¿Cuántos guardias a lo largo del perímetro? —Tenemos que movernos antes de que la situación sea grave.

La voz de Sawyer aparece primero en la línea.

—Tenemos dos guardias en la entrada norte. Puedo crear una distracción en el lado este y alejarlos.

—Espera —interrumpe Caden, otro capo, antes de que Sawyer pueda seguir con su plan.

—Gino acaba de salir. Tengo el tiro. Puedo eliminarlo —dice Caden.

Nikki es la prioridad, pero la oportunidad de acabar con el jefe del imperio DeLuca es una distracción que merece la pena.

—Hazlo —digo.

Gino es un cerdo, que arrebata chicas jóvenes y las trafica a través de su empresa. No se le echará de menos. Ciertamente no por mí.

Desde mi posición, no puedo ver el golpe.

Las imágenes de vigilancia tampoco lo muestran, lo cual es una bendición porque al menos sus hombres no sabrán qué les ha golpeado.

Moreno y yo no perdemos de vista las imágenes de vigilancia, dando a mis hombres tiempo suficiente para eliminar un guardia tras otro antes de que nos descubran.

Las órdenes se reparten, haciendo que mis hombres despejen el perímetro mientras nos preparamos para abrir la entrada principal. No puedo ver las imágenes y estar en primera línea.

Estratégicamente, debería quedarme atrás, pero como don, me niego a ordenar a mis hombres la guerra sin pisar el campo de batalla. Le entrego la tableta a Moreno.

Él es mi segundo. Si me pasa algo, mis hombres seguirán sus órdenes.

Tengo una pistola en el tobillo y una semiautomática colgada del hombro. Agarro el arma y les recuerdo a mis hombres que, hagan lo que hagan, no disparen a Nikki.

Ella lleva a mi hijo.

Dejarla ir fue un error. Un error de juicio momentáneo. Ella merece la libertad, pero no de la misma manera que ella cree que la quiere.

Nikki no se da cuenta del peligro en el que se ha metido al volver a casa.

Su padre la envenenó. Ordenó su secuestro y permitió que la vendieran.

Traté de advertirle, pero no me creyó.

¿Por qué iba a hacerlo?

Ahora he venido a rescatarla a ella y al hijo que lleva.

¿Pero ella lo verá así?

CAPÍTULO TREINTA Y OCHO

NICOLE

Romano me trae rosas. ¿Se supone que debo enamorarme de su esfuerzo?

Obviamente fueron compradas en el supermercado.

Ni siquiera pudo gastar en ir a una floristería.

Odio las rosas. Son del color de la sangre.

A mi madre le regalaron un ramo de rosas rojas el día que la asesinaron.

Romano no podía saber lo de las flores ni lo de la muerte de mi madre. Al menos, no creo que tuviera ninguna idea de las dos cosas.

Llevo las rosas a la cocina y encuentro un jarrón bajo el fregadero. Al cortar los tallos, me pincho el pulgar. La sangre rezuma en el fregadero y abro el grifo, metiendo el pulgar debajo del grifo.

—Malditas rosas —murmuro para mí.

Si fuera supersticiosa, pensaría que es un presagio.

Pero no lo soy.

Bueno, normalmente no lo soy.

Mi estómago burbujea y contemplo que son solo mis nervios los que me tienen en vilo. Este es el último lugar en el que quiero estar, con un desconocido, cenando a las órdenes de mi padre.

Si no fuera un jefe de la mafia que ordena un matrimonio concertado como un filete en un restaurante, me sentiría humillada. Puedo encontrar mi propia cita. Diablos, si me dan el tiempo suficiente, probablemente también podría encontrar un marido.

Por supuesto, estar embarazada no ayuda, pero puedo manejar un bebé por mi cuenta. ¿Qué tan difícil puede ser?

Termino con las rosas y me tomo mi tiempo para volver al comedor, donde Romano me espera. Todavía no se ha sentado y parece incómodo, fuera de lugar.

Es bastante agradable, pero no es mi tipo. Es bajito, un poco fornido y su pelo parece teñido con betún. Me apuesto lo que sea a que el color se va a pegar a los muebles.

—Espero que te gusten las flores, Nicole. Hice un viaje especial a la ciudad para conseguirlas para ti.

¿Se supone que debo estar impresionada? Porque no lo estoy.

No respondo a Romano. Sus flores no merecen el cumplido.

¿Por qué papá quiere que me case con él? ¿Es por una parcela de tierra y dos bueyes? Esto no es el siglo XIX. No voy a ser paseada y vendida en una subasta.

Excepto que eso fue precisamente lo que pasó y Dante es mi dueño.

¿Me compró, o fue su operación todo el tiempo?

—Tu padre me ha dicho que has pasado por un calvario recientemente —dice Romano. Me hace un gesto para que me siente a la mesa y me acerca la silla.

¿Es así como actúa normalmente o es un espectáculo que está montando?, porque de vez en cuando, papá pasa por el comedor. Sus pasos son evidentes al acercarse.

—Sí. —Tomo asiento en la mesa. La mesa está adornada con un precioso mantel blanco con bordes de encaje, pero la comida aún no se ha servido.

Papá tiene un chef a tiempo completo que prepara todas nuestras comidas. Preveo lo mismo para esta noche.

—Supongo que tengo suerte de que tu padre te haya vendido a Dante en lugar de su plan original.

¿De qué está hablando?

—¿Perdón?

—Ya sabes, su plan de envenenarte. Me advirtió de que podrías no tener hambre para cenar y estar un poco malhumorada por los antibióticos que te han puesto, pero me ha asegurado que no eres contagiosa.

Me voy a poner enferma. Apoyo las manos sobre la mesa.

—¿Papá me vendió a Dante?

—Sí, orquestó el secuestro por tu rabieta, para darte una lección. Espero que haya funcionado. Odio admitir que no soy tan creativo como tu padre.

Voy a matar a papá.

Las náuseas y el miedo se convierten en asco.

Mi única opción es dejar a Romano tan amablemente como pueda.

Apoyo la mano sobre mi abdomen. Es ahora o nunca. Con suerte, eso lo ahuyenta.

—¿Has oído las noticias? Estoy embarazada de Dante Ricci. —Apoyo una mano sobre mi abdomen con una sonrisa socarrona.

Casi espero que papá irrumpa en el comedor y me reprenda, pero no viene.

De hecho, ya no se oyen sus pasos en el pasillo. Debe de haber ido a su despacho o salido a tomar el aire.

—¿El hijo de Don Ricci? —pregunta Romano. Sus ojos se abren de par en par y su piel se vuelve espantosa. No parecía importarle que mi padre me envenenara, me secuestrara y me vendiera, pero el embarazo es demasiado para él.

Quizá deje de fingir que quiere casarse conmigo y se excuse de la mesa.

Preferiría comer sola.

Los disparos estallan justo fuera del recinto.

—Le han dado a Gino. Nos están atacando. —La voz de Vance entra en el comedor.

Romano se levanta de la silla y coge la pistola que lleva en la cadera—. No te preocupes. Te protegeré.

Eso es precisamente lo que me preocupa.

Paso por delante de Romano. Necesito ver a mi padre.

—¡Papá! —grito, esperando que Vance me diga dónde está o que escuche los gemidos de agonía de papá. No puede estar lejos.

No miro por encima del hombro a Romano. Tiene

un arma y puede defenderse. Si vive o muere no es de mi incumbencia.

Me apresuro por el pasillo.

—¡Papá!

Si no está muerto, tal vez tenga que matarlo.

Acabo de pasar la biblioteca cuando un cuerpo me empuja al interior de la habitación, tapándome la boca.

Golpeo al intruso con el codo y le pisoteo el pie. No afloja el agarre.

—Puedes venir conmigo de buena gana o puedo sacarte de aquí a patadas y a gritos —me susurra Dante al oído.

Me doy la vuelta y miro fijamente su oscura mirada. Debería odiarlo.

Me ha mentido.

Me ha dominado.

Me obligó a tomar esa estúpida pastilla que me salvó la vida. Pero no lo hago. Todo lo que siento es alivio.

—¿Por qué? —Es todo lo que puedo preguntar. La única palabra que se abre paso en mis labios.

Dante se queda callado durante unos breves segundos.

—Llevas a mi hijo. ¿De verdad crees que voy a dejar que tengas una cita con ese perdedor?

—¿Cómo lo has sabido? —Lo saco conmigo de la vista por si se acerca algún guardia—. Tenemos que sacarte de aquí.

Se ríe en voz baja.

—Solo si vienes conmigo.

Debería enfadarme. Empujarle lejos. Decirle que se vaya. Ha invadido mi casa.

Excepto que esta no es mi casa. Al menos ya no.

No tengo razones para creer que Romano me mintió, lo que significa que el monstruo con el que he estado viviendo no es Dante sino mi papá.

Pero necesito escucharlo de Dante.

—¿Es verdad? —pregunto, mirándole fijamente.

Niega con la cabeza. No tiene ni idea de lo que acabo de descubrir.

—Me dijiste que papá me envenenó. ¿También hizo que me secuestraran? ¿Es él quien trafica con mujeres, niñas y niños? —Mi corazón podría salirse del pecho.

Pensé que Dante era el monstruo y tal vez lo sea, pero nunca se ha comportado así conmigo.

Estoy mareada y Dante me coge en brazos antes de que pueda derrumbarme. Es demasiado para soportarlo.

—Te voy a llevar a casa conmigo.

No me pide permiso. Hay disparos dentro y fuera. ¿Es seguro salir? Probablemente no, pero sus hombres son los invasores y estoy dispuesto a ir con él. Incluso cautivo por Dante, es más humano que mi viejo.

—¿Mataste a mi papá? —Debo saber la verdad.

—Di la orden final, pero no fue mi bala.

CAPÍTULO TREINTA Y NUEVE

DANTE

Esperaba ira, resentimiento y odio, pero no es lo que encuentro cuando rescato a Nikki.

Me cuelga los brazos al cuello mientras la saco por la puerta principal, dejando atrás el derramamiento de sangre y los cuerpos esparcidos por todo el vestíbulo.

No es bonito. Ni siquiera se inmuta.

La acompaño hasta mi camión, fuera de las puertas metálicas ocultas a las cámaras de vigilancia, y la abrocho en el asiento delantero.

Moreno puede sentarse atrás. Estoy siendo generoso, ofreciéndole llevarle de vuelta al recinto. Podría conducir de vuelta con Sawyer o alguno de los otros hombres. Varios trajeron vehículos con artillería y soldados preparados para la guerra.

Moreno me echa una mirada y asiente en silencio que todo está bien con mis hombres.

El viaje de vuelta es silencioso.

De vez en cuando, miro a Nikki. Está mirando por la ventanilla lateral, callada. Nunca la había visto tan callada como hoy.

¿Está enfadada porque hemos matado a su padre?

No ha dicho ni una palabra después de que yo confesara haber dado la orden de ejecutarlo. La mayoría de sus hombres en el lugar fueron abatidos. Unos pocos huyeron, por lo que escuché en mi auricular, y mis soldados continúan persiguiéndolos.

¿Acabará por fin la familia DeLuca de una vez por todas en Breckenridge?

Nikki es la hija de un jefe de la mafia.

¿Elegirá tomar el legado de su padre? No parece del

tipo capaz de asesinar y no va a seguir traficando con mujeres.

¿Qué le queda? ¿Armas y drogas?

————

Moreno abre la puerta principal y la llevo al vestíbulo. No lleva zapatos, y la calzada de piedra y los escalones de cemento están calientes incluso bajo el sol de la tarde.

—Subiré a mi habitación —dice Nikki en cuanto sus pies tocan el suelo.

Hago una mueca, sin saber por qué quiere subir a la cama tan pronto. La adrenalina todavía me recorre a la velocidad del rayo.

—¿Por qué? ¿Te sientes bien? —pregunto.

Ha sufrido mucho. No la culpo por querer echarse una siesta, aunque se hace tarde.

Ha sido un día largo y probablemente agotador para ella.

Nikki aprieta los labios.

—Pensé que querrías quitarme de encima. Supongo que estoy acostumbrada a estar secuestrada en mi habitación.

Mis estrictas restricciones sobre su paradero en el castillo van a cambiar. No creo que ella huya de nuevo.

Podría ser un tonto, pero ella no tiene a dónde ir. Nadie a quien recurrir, y está embarazada.

Tendrá un guardia apostado fuera de su habitación, pero es por su propia seguridad. No puedo estar muy seguro de que los pocos hombres que quedan no intenten tomar represalias.

—Bueno, si puedes aguantar la cena, deberías acompañarme a la cocina.

Ella levanta una ceja.

—¿Cómo sabes que no he comido ya?

Cualquier cosa que hubiera comido probablemente ya habría surgido, dados los acontecimientos de la noche.

—¿Lo has hecho?

No le digo que pasé por la cocina con un soldado, asustando al chef. Tiró media docena de platos al suelo cuando se tiró al suelo para esconderse.

Ella sonríe tímidamente.

—No.

—¿Qué te apetece comer? —le pregunto. No soy un gran cocinero, pero tengo un gran chef en el local.

—Sopa, galletas, agua. Lo de siempre.

Ni hablar. No vamos a jugar más a ese juego.

—Estás comiendo una cena saludable. Si tengo que llevarte a cenar para ayudarte a recuperar el apetito, que así sea.

Una sonrisa se dibuja en sus labios. Parece mucho más relajada, cómoda.

—¿Me dejarás salir de este lugar?

—No eres una prisionera, Nikki —digo, queriendo que sepa la verdad y la acepte—. Nunca tuve la intención de comprarte y mantenerte encerrada. Pero una vez que me enteré de que estabas embarazada, me preocupó no ver nunca a mi hijo y que fueras un objetivo.

Ella asiente lentamente, escuchando lo que tengo que decir.

—¿De verdad quieres decir que puedo ir a la tienda, comprar ropa de embarazada y tomar un café con leche?

—Sí, sí y, después de que nazca el bebé, puedes tomar toda la cafeína que quieras. —Eso no significa que la deje ir sola. Un guardia la vigilará y la protegerá.

Su nariz se arruga de esa manera adorable que me hace palpitar el corazón.

—Echo de menos el café —se queja.

—Bueno, eso es una buena noticia. Significa que te vuelve a interesar la comida. —Le rozo un mechón de pelo detrás de la oreja.

Ella se inclina hacia mi contacto.

—Ahora, sobre la cena. ¿Qué quieres comer?

—Tengo un antojo loco de sushi —dice Nikki.

Estoy bastante segura de que una mujer embarazada no debe consumir pescado crudo.

—¿Algún otro antojo? —Odio decirle que no, especialmente después de todo lo que ha pasado.

—¿Aparte de ti?

Es como si pudiera leer mi mente. La atraigo con fuerza contra mí y nuestros labios chocan.

Estoy agradecido de tenerla de vuelta y en mi casa. Me alegra oír que quiere estar aquí, conmigo.

Mis dedos recorren su cadera, bajo su camisa, rozando su piel. Es pequeña y se siente increíblemente frágil.

Quiero devorarla, pero no hasta que hayamos comido. Está embarazada y nuestro bebé y su salud deben tener prioridad sobre mis necesidades.

Es la primera vez en mi vida que pongo a otra persona en primer lugar.

—La cena —vuelvo a decir entre besos—. ¿Qué quieres comer?

Su cara se contrae y gime cuando mis labios se detienen en su cuello.

—¿Nikki?

Un suave zumbido sale de su garganta.

—Cualquier cosa si implica que te desnudes y me la des. —La sonrisa que adorna su rostro me tira de las entrañas y sus palabras hacen que mi polla se endurezca.

—Mujer, serás mi perdición.

EPÍLOGO

NICOLE

Tengo un hijo. Por un momento, me preocupé por la fiebre C, el estrés del embarazo y el parto prematuro.

Pero al tener a Luca en mis brazos, sintiendo la abrumadora sensación de alegría, sin duda supe que estaría bien.

Y lo está. Es perfecto. Crece rápido, ya camina, se mete en todo lo imaginable.

Luca tiene los ojos de su padre, y cada vez que sostengo a nuestro hijo, me recuerda tanto a Dante. El parecido es aún más asombroso cada día que pasa.

Dante ha sido increíble como marido y padre. Para ser un hombre totalmente alfa-protector y dominante, hay un lado más amable que me sorprendió descubrir.

—¿Cómo está mi hijo? —pregunta Dante mientras levanta a Luca en sus brazos y lo hace girar.

Luca chupa su chupete, no está dispuesto a separarse de él por mucho que intentemos sobornarlo con peluches y golosinas. Juro que en otoño se llevará esa maldita cosa al preescolar.

Luca chilla de alegría cuando Dante lo lanza al aire.

—Te estás haciendo demasiado grande para esto. —Sonríe y lo atrapa contra el suelo intencionadamente, fingiendo que es demasiado pesado y grande.

—Ustedes dos me van a dar un ataque al corazón —digo con una risa. Solo bromeo a medias. Intento no ser la madre sobreprotectora, pero nuestro trabajo es peligroso.

Luca y Dante son mi mundo.

Nunca pensé que vería el día en que me casaría con un don.

—¿Alguna noticia sobre los DeLucas y Vance? —pregunto, tratando de ser casual en mi pregunta.

Papá murió durante la emboscada cuando Dante me rescató y la mayoría de sus hombres habían perecido en el asalto de ese día. Pero Vance había escapado con dos hombres en el bosque, Marco y Rafael.

—Puse a Sawyer a perseguirlos. Vance fue visto en Chicago y Rafael en California.

—¿Alguna idea de por qué están tan separados? —No quiero preocuparme por el negocio, ese es el trabajo de Dante, pero cuando implica a mi exfamilia, me preocupa que mi hijo sea un objetivo.

—Los rusos me avisaron sobre Vance, pero no, no sé lo que tiene planeado —dice Dante—. Tengo a los mejores hombres vigilando su paradero, y si tan solo cruzan la línea estatal, lo sabré.

Exhalando un fuerte aliento, me inclino y le robo un beso a Dante.

—Confío en ti.

—Lo sé. Yo también te quiero y confío en ti —susurra contra mis labios—. Oh, ¿has oído que

Moreno se va a casar y va a tener una niña? Te imaginas si nuestros hijos se casaran...

—No —le corto antes de que pueda sugerir lo que creo que va a decir—Se acabaron los matrimonios concertados. Nuestro hijo puede crecer y casarse con quien quiera.

————

Gracias por leer Voto Silencioso. Continúa la aventura con Voto Cautivo para la historia de Moreno.

Contratada como niñera...

Su padre me dice que es muda. Pero la he pillado tarareando una canción de cuna.

Es un mentiroso. O tiene a todos engañados.

¿Qué podría esconder una niña de cuatro años?

Debería haber investigado sus antecedentes. Imagina mi sorpresa cuando descubro que mi malhumorado jefe trabaja para la mafia.

Quiero irme, pero no me deja. Soy su cautivo, obligado a seguir sus reglas y a hacer lo que él exige.

¡Haz un clic en Voto Cautivo ahora!

¿Estás preparado para tu próxima lectura con un solo clic? Disfruta de la serie Táctica Águila a partir de Expuesto: Jaxson.

Y suscríbete a mi boletín para enterarte de nuevos libros, sorteos y regalos: www.authorwillowfox.com/subscribe

Te agradezco que me ayudes a correr la voz, incluso contándoselo a un amigo. Las reseñas ayudan a los lectores a encontrar libros. Por favor, deja una reseña en tu sitio web de libros favorito.

REGALOS, LIBROS GRATIS Y MÁS COSAS

Espero que hayas disfrutado de Voto Silencioso y que te haya encantado la historia de Dante y Nikki.

Apúntate a mi boletín de Willow Fox

Si has disfrutado de Voto Silencioso, tómate un momento para dejar una reseña. Las reseñas ayudan a otros lectores a descubrir mis libros.

¿No estás seguro de qué escribir? No pasa nada. No tiene que ser largo. Puedes compartir cómo descubriste mi libro; ¿fue una recomendación de un amigo o de un club de lectura? Deja que los lectores sepan quién es tu personaje favorito o qué te gustaría que pasara después.

Gracias por leer. Espero que consideres la posibilidad de unirte a mi lista de correo para recibir libros gratuitos, promociones, regalos y noticias sobre nuevos lanzamientos.

SOBRE LA AUTORA

A Willow Fox le gusta escribir desde que estaba en el instituto, hace muchos años. Sus romances de pueblo reflejan la vida en un pequeño pueblo de la América rural.

Tanto si está escribiendo novelas románticas como si está sentada junto a una hoguera leyendo un buen libro, Willow adora la magia de la palabra escrita.

Sueña con que la barran con sus pies y espera hacer eso con sus lectores.

Puedes visitar su página web en:

https://shopwillowfox.com

Serie Táctica Águila

Expuesto: Jaxson

Sigilo: Mason

Oculto: Lincoln

Encubierto: Jayden

Matrimonios de la Mafia

Voto Silencioso

Voto Cautivo

Voto Salvaje

Voto Involuntario

Voto Despiadado

Additional titles available in English, French, German, and Italian at shopwillowfox.com